……雖然有斑點，
但不會讓人
得到黑死病喔～
佩絲特
觀賞比賽戰況時，
要不要來一杯「斑梨」果汁潤潤喉呢～？
莉莉
蕾蒂西亞

黑兔
久遠飛鳥
在遊戲開始前，要先講一句話。黑兔妳看起來真的很性感！
請您趕快宣布開始啦！真是大傻瓜！

春日部耀
——總而言之！
在收穫祭的核心遊戲
『Hippocamp的騎師』裡，
穿著泳裝是所有參加者的義務！

白夜叉
真的可以嗎？要是我出面參加，會讓遊戲本身變得亂七八糟喔？
魔王

問題兒童都來自異世界？

降臨！蒼海的霸者

Tatsunokotarou
竜ノ湖太郎
illustration
天之有

Kadokawa Fantastic Novels

問題兒童都來自異世界？
降臨！蒼海的霸者

contents

幕間
147
第六章
156
幕間
187
第七
195
第八章
227
終章
263
後記
274

Character
各位問題兒童，請好好聽人家說話呀——！
召喚問題兒童們來此的罪魁禍首，「No Name」的賞玩用小動物。
黑兔
這個世界有趣嗎？
問題兒童之一
逆迴十六夜
恩賜名
「真相不明」
（Code Unknown）
哎呀，被稱為問題兒童真是讓人遺憾呢。
問題兒童之二
久遠飛鳥
恩賜名
「威光」
……主要負責戰鬥的是除了黑兔以外的我們。
問題兒童之三
春日部耀
恩賜名
「生命目錄」
（Genom Tree）與
「No Former」
為了讓「No Name」復活，我會好好努力。
共同體「No Name」的領導者
仁
謹遵命令，我的主人。
前任魔王，吸血鬼的純血種。現在是女僕！
蕾蒂西亞
該讓黑兔穿上什麼才好呢？
東區階層支配者，外表是和服蘿莉少女。
白夜叉

MAP
階層支配者
「Salamandra」
珊朵拉
北
境界壁
世界軸
箱庭2105380
「No Name」根據地
東
→世界的盡頭→
階層支配者
「Thousand Eyes」
白夜叉
西
？？？
南
階層支配者
「缺席」
1
2
3
4
5
6
7
8
9

序章

——二一〇五三八〇外門，「No Name」根據地。

在和煦日光照入室內的窗邊，身穿女僕服裝的蕾蒂西亞正在綁緊頭上的緞帶。接著她把剛剛用來整理頭髮的梳子放到鏡台上，確認側面的狀況。

「……這樣就可以了。到了現在，這身女僕服也算是穿得很習慣了吧。」

蕾蒂西亞左右搖晃著那頭甚至會讓人誤以為是金線的柔亮髮絲進行確認。

外表看起來頂多只有十二三歲的她現在穿著的女僕服上裝飾著清秀可愛的花邊，簡直不像是給僕人使用的衣物。雖然絕對不能算是具備功能性，然而卻格外適合她。應該要歸功於她主人的興趣吧。

整理好服裝儀容的蕾蒂西亞和映照在鏡中的自己彼此相望，同時雙手扠腰讓自己鼓起幹勁。

接著她就聽到客氣的叩叩敲門聲以及莉莉的說話聲。

「蕾蒂西亞大人，年長組所有人都已經到齊了。」

「知道了。珮絲特那邊由我來通知，莉莉妳也去大廳等待吧。」

蕾蒂西亞這樣回答之後，門外的莉莉先充滿精神地回應，然後才咚咚咚地跑走。注意到莉莉今天也如此開朗快活讓蕾蒂西亞不禁莞爾一笑，接著走出自己的房間。

——共同體「No Name」居住的這個本館是一棟十二層樓高的大型建築物。居住的樓層越高，代表在組織裡的地位越高；自然房間也更大，還擺設著共同體準備的專用家具。

然而現在三樓以上的樓層卻無人使用。這並不是因為無人擁有符合的地位，而是基於外出不便這種理由，所以除了二樓和三樓，其他房間都無人使用。

蕾蒂西亞以前使用的房間位於十樓，然而身為女僕的她怎能住在比主人更高的樓層裡，因此現在是把廚房和餐廳隔壁再隔壁的單人房當成自己的房間。

「白雪應該是跟著十六夜等人外出了，那麼今天負責指揮的人只有我和珮絲特吧。」

蕾蒂西亞直接穿過通往本館大廳的走廊，一直線往前進。目的地是珮絲特的房間。

然而在途中她路經一面設置於走廊上的巨大鏡子，突然停下腳步。看到鏡中倒映出身穿女僕服的自己之後……

「……嗯。」

蕾蒂西亞似乎突然想到了什麼好點子，她輕輕拉起裙襬，以少女般的動作迴身轉了一圈，讓裙子也跟著高高揚起。

一身清秀白裙隨風飄揚的模樣，宛如惹人憐愛的花朵綻放。

序章

於是蕾蒂西亞又轉了一圈，之後她似乎很滿足地對著自己在鏡中的女僕身影笑了。

「一開始這身女僕服裝的確讓我不知所措，不過……嘻嘻。這樣看起來，其實我也還不到完全過氣的地步——」

「——蕾蒂西亞？妳在鏡子前面做什麼？」

這瞬間，蕾蒂西亞僵硬地停止動作。當她覺得大事不妙時已經為時已晚，來自背後的感覺讓後悔和冷汗一起沿著背脊往下滑落。

……這真是一個令人極度悔恨的失誤。蕾蒂西亞覺得大概是因為這陣子相當和平，才會讓自己如此鬆懈。

然而畢竟不能一直像這樣僵在原地不動，她只能戰戰兢兢地緩緩回頭。

只見剛從房間走出的另一名女僕——「黑死斑神子」珮絲特正歪著腦袋，以彷彿看到什麼奇妙光景般的視線盯著這邊。

先前宛如青澀少女般踩著舞步繞圈的的蕾蒂西亞很尷尬地試圖逃離這個視線。而珮絲特則露出似乎真的感到很不可思議的表情，微微傾著頭發問：

「我說……蕾蒂西亞，妳剛剛在做什麼？看妳的臉這麼紅，沒事吧？」

「……不，沒什麼。既然妳沒看到那就不必在意。」

「妳連耳朵都紅了喔。」

「所以我說沒什麼呀！」

「可是連脖子也很紅耶。」

「噢！對了！今天是我血壓特別高的日子！因為我是吸血鬼嘛！所以偶爾會碰上那種一大早就滿臉通紅的日子……」

「我認為就算妳不顧年紀地穿著女僕服開心蹦跳，也沒有必要那麼難為情呀。妳這身女僕模樣今天依然也很好看。」

珮絲特像是在發表勝利宣言般地悠然發表這段話，然後朝著大廳走去。

蕾蒂西亞望著她的背影，精疲力竭地垂下肩膀。

*

——和巨龍的戰鬥結束後，已經過了半個月。

「No Name」的成員們也在安穩的日子中開始專心進行個別的活動。

以魔王身分身處恩賜遊戲中心的蕾蒂西亞也正式成為僕從，現在就是由三名女僕來負責指揮年長組。

至於因為巨龍襲擊而被迫延期的「Underwood」收穫祭則在志願人士的援助和「Thousand Eyes」的廣範圍宣傳之下，得以在早期階段就建立起再度開始的頭緒。

藉由正式發表南區將會有新任「階層支配者」誕生的動作，企圖達到向許多共同體招攬顧

客的目的。「龍角鷲獅子」聯盟既然已經獲取「擊退魔王」的實績和功績，應該會有許多共同體歡迎他們擔任「階層支配者」吧。

與此同時，「Will o' wisp」和「No Name」這兩個共同體也成功得到了擊退魔王的名譽以及社會上的信賴。

（這點得感謝莎拉才行。多虧她特別關照身為「無名」共同體的我們，在宣傳方面提供了協助。）

「No Name」沒有能象徵組織存在的標誌，因此無論立下多大的功績，都處於難以讓人承認的立場。身為聯盟議長的莎拉考量到這一點，特別在邀請函的內容中提及了「No Name」的功績。

因為想到他們這種真摯又注重道義的心意讓蕾蒂西亞振作起消沉的精神，動身前往位於本館入口的大廳。在大廳裡可以看到等待蕾蒂西亞到來的孩子們已經排好了隊伍，而吩咐大家整隊等候的莉莉則「唰！」地豎起狐耳，晃著身上的日式圍裙跑了過來。

「蕾蒂西亞大人！早安！年長組已經全都到齊了！」

「是嗎？大家早，已經吃過早餐了嗎？」

「是的！非常好吃！」

「今天是白飯配荷包蛋！」

「我好期待午餐！」

序章

「現在講午餐有點太早了喔。」

蕾蒂西亞帶著苦笑勸戒這群精力過於旺盛的孩子們。

總數共有二十人。平均十歲的他們被稱為年長組，被委派負責共同體的衣食住等方面。看到從一大早就如此振作努力的孩子們讓蕾蒂西亞不禁莞爾，她望著所有人的臉孔輕輕笑了。

「那麼關於今天的工作……在進行分配之前，要先跟大家報告一件事。」

蕾蒂西亞這樣說完，接著取出了一封邀請函。她將這封以「龍角鷲獅子」聯盟之印璽來蠟封的邀請函拿在手上，以帶有認真神色的視線凝視著孩子們。

「『Underwood 大瀑布』即將舉行收穫祭，而『No Name』全體都獲得了邀請……你們聽得懂我的意思吧？這裡的『全體』，是指包括年長組、年少組在內的所有人都可以參加。」

「哇～！」年長組的孩子們發出了歡呼聲。這也是理所當然的反應。

以遭受魔王襲擊的三年前為界，在那之後這些孩子們幾乎都沒有離開過根據地。恐怕只有在為了汲水而必須前往箱庭都市外的大河時，才是他們唯一的外出機會吧。原因是萬一碰上擄人之類的事件，身為「無名」的他們很難證明自己的身分。

所以不想讓身為唯一保護者的黑兔感到掛心和負擔，他們一直都待在這個荒廢領地裡低調度日，絕對不會隨意外出。

這樣的孩子們卻收到了收穫祭的邀請函，當然會感到很興奮期待。

就連身為年長組首席的莉莉也是一樣，雖然她正站在蕾蒂西亞身邊擺出嚴肅的表情，然而自豪的兩根尾巴還是啪啪啪地忙碌動個不停。

察覺出這種浮躁氣氛的蕾蒂西亞「啪！」地用力拍了拍手，集中所有人注意力後開口告誡孩子們：

「不用說，這當然是特殊待遇……但是，你們千萬不可以會錯意。這封邀請函完完全全要歸功於主子們——也就是十六夜、飛鳥、耀等人立下了足以獲得正面評價的偉業。正是因為他們的功績最後締結出一個成果，共同體全員才會收到邀請函。」

蕾蒂西亞一提到十六夜等人的名字，孩子們原本放鬆的情緒立刻又緊繃了起來。

——從箱庭的外界被召喚至此的三名異邦人。

自從逆迴十六夜、久遠飛鳥、春日部耀這三人置身於共同體之後，「No Name」的生活就產生了戲劇性的變化。

為蓄水池貢獻了水樹的苗木；讓荒廢乾枯的土地恢復肥沃的氣息；甚至還贏得了能溫暖照亮夜幕的玻璃製燈火。

十六夜等三人——是孩子們崇拜的對象，也是宛如英雄般的存在。

「這封邀請函是他們贏來的信賴之證。為了不要失去這份信賴，在『Underwood』行動時至少必須保持最低限的節制和品格，聽懂了嗎？」

「「「「我們知道了！」」」」

回應大聲得簡直會造成耳鳴。

蕾蒂西亞雖然面露苦笑，但仍舊抱著疼愛心情看著眾人，並宣布今天的工作。

「在你們外出的期間，『龍角鷲獅子』聯盟似乎會撥出幾個人過來負責警備。為了招待客人，今天一整天就來進行根據地的大掃除吧。年長組要和年幼的孩子們組成集團，一起開始打掃。不在的人會由我們女僕組再找時間幫忙搬運行李，所以大家進行時要以擦拭和除塵等工作為主——以上！」

語畢，蕾蒂西亞「啪啪！」拍了兩次手。

年長組的孩子們精神飽滿地回應後咚咚咚地一起跑了出去。留在現場的人只剩下女僕身分的蕾蒂西亞和珮絲特，以及身為年長組首席的莉莉這三人。

在一旁待機的珮絲特以半佩服半傻眼的態度目送著眾人背影離開。

「真服了他們，居然可以每天早上都這樣精神抖擻地工作。」

「因為這是他們在共同體裡負責的工作啊。還有來自『will o' wisp』的燭台預定今天會送達，我們也該進行準備……」

「那個，蕾蒂西亞大人！」

這時莉莉忙碌地甩著兩根尾巴，以似乎很為難的態度對蕾蒂西亞提問：

「很抱歉在您這麼忙的時候打擾，但能不能請您給我一點時間呢？」

「是可以，不過怎麼了嗎？莉莉。」

「其……其實是……最近地下工房的情況不太對勁，還傳出了奇怪的聲音……」

「這可不好，是幾號的工房？」

「是三六〇號。」

蕾蒂西亞似乎頗感意外地歪了歪頭。

「……三六〇號？為什麼那麼偏僻的地方會不對勁？和家事有關的工房應該是從一號到二〇號為止吧？我記得在那之後的號碼應該都沒有在使用才對。」

蕾蒂西亞皺起眉頭。莉莉也垂下頭上的狐耳，回答說她並不清楚。

——所謂的「工房」，就是用來保存那些在恩賜遊戲裡獲得的「恩惠」，或是將其運用到生活上的設施。廚房的火或熱、淨水這些方面當然不用說，連使用恩賜的儀式等也是在這些地下工房舉行。還有能夠儲存並供給火焰的「Will o' wisp」燭台，同樣是預定要放置在這地點的物品。

除了將燭台搬入工房的作業之外，蕾蒂西亞並沒有從黑兔那邊聽說過曾執行了儀式的消息。雖然她認為應該是哪裡弄錯了，然而莉莉的表情卻籠罩著一層似乎很嚴重的陰影。

「三六〇號工房的入口位於我們居住的別館後方，聲音甚至傳進了別館，讓年少組的孩子們也很害怕。所以說，能不能請蕾蒂西亞大人您在有空的時候去確認一下呢……」

莉莉抓著蕾蒂西亞的袖子提出懇求。

蕾蒂西亞雙手抱胸，沉吟一聲。的確，年少組裡有許多年紀尚幼的少年少女。光是因為傳出詭異聲響就會感到害怕的人應該所在多有吧。

「好吧……那麼在大家離開根據地的期間，我就去確認一下情況吧。」

「謝……謝謝您！」

「這是小事。好啦，先去打掃吧。既然現在主子們和黑兔都不在，我們得好好工作才行。」

「是！」

莉莉啪啪啪地甩著兩根尾巴，以不輸給其他孩子們的開朗態度回應之後前往廚房。

原本一直在旁聆聽兩人對話的珮絲特突然把視線朝向蕾蒂西亞。

「蕾蒂西亞，妳不參加收穫祭嗎？」

「……我當然不可能參加吧。」

蕾蒂西亞面露苦笑。

由於不明人物的陰謀，她之前曾和巨龍同化。

即使說明另有主謀，要是導致戰事的當事者之一卻以若無其事的態度出席收穫祭，主辦者和其他參加者們也會感到不快吧。

「我認為這次的收穫祭是主子們的休息時間，所以希望他們可以不需要顧慮到任何人，盡情享樂直到滿足為止。」

雖然蕾蒂西亞似乎有點尷尬地苦笑著，然而她的眼裡卻不帶著憂愁那類的情緒。正式成為隸屬關係的現在，她內心裡的願望只有一個。

那就是希望身為自己主人的十六夜等人能夠獲得許多幸福與恩惠。

「……過去成為魔王者，必須以某種形式來清算過去的罪行。其中包括失去性命者，也有些拜入宗派門下。償還罪孽的方式可說是形形色色……雖然是因為欠缺自覺，但我本人卻把這個義務放棄至今。所以這次，我想藉著和主子們共同對抗魔王來洗清我的罪行。」

蕾蒂西亞這麼說完，輕輕握緊雙手。

珮絲特以彷彿覺得很沒趣的表情，凝視著蕾蒂西亞這張隱然透出開朗情緒的側臉。同樣曾經身為魔王，蕾蒂西亞的決心必定讓她覺得頗為刺耳。

然而重新振作起幹勁的蕾蒂西亞這時卻突然有些憂鬱地瞇起眼睛。

「而且……關於金絲雀，我也有些事情想要調查。」

「……哦？」

沒聽過的名字讓珮絲特不解地歪了歪頭，不過她的興趣卻放在別的事情上。

「話說回來，關於妳剛剛提到的事情……我知道仁他們目前滯留在『Underwood』，不過黑兔不在這事倒是初次聽說。她昨天還待在根據地裡吧？」

「嗯？噢……黑兔她……」

講到這邊，蕾蒂西亞突然停了下來。珮絲特詫異地望著她這不自然的舉動，不過蕾蒂西亞卻沒有回應。她只是保持沉默，緩緩地把視線移向從窗口撒下的陽光。

「黑兔她……被白夜叉綁架了。」

「……啊？」

「昨晚，白夜叉帶著隨從前來，以——『我要去平天的大本營挖角，黑兔妳也跟著來！』——這種說法將黑兔半強迫地帶走了。」

這樣回答的蕾蒂西亞望著遠方露出迷茫的眼神。

珮絲特有些受不了又有些理解地聳了聳肩膀，露出嘲諷的笑容。

「原來『階層支配者』真的那麼閒呀？」

「怎麼可能。在巨龍暴動的期間，東區出現魔王『阿吉．達卡哈』的分隊大肆作亂。雖然附近這一帶似乎平安無事，但甚至連要祭祀白雪的神殿建設都因此延期。」

蕾蒂西亞一臉嚴肅地回應。她提到的神殿建設應該就是指那個要構築水道的計畫吧。然而讓珮絲特吃驚的原因與其說是因為被害狀況，還不如說是因為魔王的名字。

「……等一下，妳說的魔王『阿吉．達卡哈』，是指『拜火教』的魔龍嗎？」

「沒錯，怎麼了？」

蕾蒂西亞立刻回答，而珮絲特的嘴角卻微微抽動。

「……什麼？原來在箱庭裡，那種東西居然也沒套個項圈，就這樣在無人管轄的狀況下四處徘徊嗎？」

「怎麼可能，是『阿吉．達卡哈』有點特殊。自從本體在兩百年前被解放後，就構築起也可以稱為『分身體』的族群來持續隨性作亂。」

「那算什麼啊真恐怖，真的很恐怖。趁還沒增加前先打倒本體不就得了？」

「妳說這什麼蠢話。越攻擊本體就會導致分身越增加，何況第一世代可全都是神靈級。像這種光靠自己一隻就能夠建構出神群的魔王實在過於誇張，要人怎麼對付！」

蕾蒂西亞難得用了如此激動的語氣，看樣子她似乎曾經有過什麼負面回憶。

——魔王「阿吉·達卡哈」是「拜火教」五大魔王之一的龍。

根據記載，和帝釋天擁有同一起源的這隻龍擁有驚人的三顆頭顱和巨大身軀，還能驅使上千種魔術。然而牠真正的恐怖之處並不是這些。

魔王「阿吉·達卡哈」的恐怖是「會從傷口不斷產出分身」的性質。再加上牠擁有強大的不死性質，據說即使遭受多次斬擊、砍刺也不會死亡。

唯一的打倒方法是「封印」這種手段，然而卻遭到不明人士解開封印，直到現在。

「話雖如此，一想到白夜叉能阻止對方分裂這點……果然不愧是最強的『階層支配者』。聽說她一將神格奉還給佛門，立刻以一擊打倒了五隻第一世代。要是沒有白夜叉，東區下層大概已經被極為大量的犧牲者染成一片血海了吧。」

「……哦……」

珮絲特臉上若無其事地回應，然而她的內心卻冒著冷汗。

面對「阿吉·達卡哈」的第一世代——居然只用了一擊就打倒五隻神靈級，這實力根本遠

遠超過了人類的理解力。即使曾向白夜叉宣戰卻還能像這樣被允許繼續存在，想來珮絲特真的運氣很好吧。

「算了，身為最強的『階層支配者』是很好啦，不過整天只顧玩樂倒是讓人難以苟同呢。」

「啊……嗯。講到這一點，我也實在找不出話來反駁。」

蕾蒂西亞露出為難的苦笑，依舊一臉不以為然的珮絲特則離開大廳，前往自己負責的區域。

靜靜目送珮絲特背影離去的蕾蒂西亞內心卻留有一抹不安。

既然和白夜叉一起行動，那麼黑兔可以說是獲得了「平安無事」的保證。然而即使扣掉這層考量，蕾蒂西亞依然產生了不祥的預感。

因為白夜叉講過的話正是足以讓蕾蒂西亞如此不安的原因。

（不過……居然是要去「平天」的大本營。雖說箱庭很廣闊，然而被這樣稱呼的共同體……除了那個魔王，應該再無他人才是。）

而且這稱呼還不是指前任魔王，而是一個痛恨佛門的現任魔王。蕾蒂西思索了一陣子，想推測出白夜叉到底是基於什麼考量……

最後做出「因為是白夜叉，所以一定沒有想太多吧」的結論。

（不過算了，畢竟不管怎麼說白夜叉都是最強的「階層支配者」。既然和她同行，應該不會演變成最糟糕的事態。）

蕾蒂西亞像是要甩開思考和擔心般地左右搖晃自己長有一頭金髮的腦袋，同時為了悲慘的黑兔合掌。

*

——叮鈴。一名女性的銀髮晃動著，清脆的鈴聲跟著響起。

紅瓦屋頂特別顯眼的市區裡吹起一陣過堂風，通過身邊時一股會令人聯想到桃源鄉的甜美花香刺激著鼻腔。在喧騷熱鬧的大街另一端有著一棟大樓閣，可以看到治理外門的共同體旗幟正氣勢萬千地聳立著。

這裡是箱庭的四位數——六二四三外門。

是「平天大聖」的旗幟隨風飄揚的上層區域。

在作為其本部的大樓閣正面，有個一頭銀髮美麗到會讓人誤以為是陽光的女性，正帶著兩名同伴大搖大擺地站在門前。

「哎呀～我有幾年沒來平天的大本營拜訪了？」

那是一名銀髮上插著附有鈴鐺的髮簪，身穿紫色和服的美女。

雖然她擁有光靜靜站著就宛如一幅畫的容貌，然而只有散發出來的氣質卻隱約飄散出異常的氛圍。

序章

……該怎麼說？總之就是老氣。如果要說得難聽點，大概是這種感覺。

在露出親切笑容的銀髮美女身旁，陪伴著在二一〇五三八〇外門的「Thousand Eyes」分店工作的女性店員，還有垂著兔耳整個人膽怯瑟縮的黑兔。

聽到主人提問的女性店員以有些自暴自棄的態度回答：

「……聽說白夜叉大人已有五十年未曾造訪『平天大聖』的根據地。」

「喔喔，原來是這樣！歲月流逝的速度還真是快啊！」

銀髮美女——白夜叉輕快又親切地呵呵笑了，轉身面對同行的女性店員如此回應。

儘管她的表情是一派爽朗的笑容，彷彿只不過是前來舊友之家拜訪，然而對於黑兔和女性店員來說，這次來訪完全只會帶來畏懼和極度的緊張。

在箱庭的上層建立根據地，而且還繼續以魔王自居的老資格強者。

黑兔抬頭望著在大樓閣頂端隨風飄揚的旗幟，像是要下定決心般地吸了口氣。

（「平天大聖」牛魔王——過去被視為和那個美猴王「孫悟空」並列的七大妖王之長。）

只要是住在箱庭裡的居民，必定都曾經聽過這名號吧。

在那本西遊記中記載的七名魔王。

其中以強大力量自許的四名魔王尚存於世，在這個箱庭世界中可說是遠近聞名。

「齊天大聖（與天齊驅之人）」——美猴王，孫悟空。

「平天大聖（平定天上之人）」——牛魔王。
「覆海大聖（翻覆大海之人）」——蛟魔王。
「混天大聖（使天混沌之人）」——鵬魔王。

除了之後和玄奘三藏法師共同經歷旅程並皈依佛門的美猴王孫悟空，其餘諸人依然承受著魔王的烙印，繼續經營共同體。

在經歷過神話時代那場七大妖王對天帝的大戰之後，雖然沒有再做出什麼明顯的惡行，然而他們的名字卻依然足以被視為箱庭魔王的代名詞之一。

話雖如此，講到身為魔王的等級，白夜叉也是最老資格的一員。

她毫不畏懼地抬頭看了看平天的旗幟，接著似乎頗為不滿地張望四周。

「不過啊，不只沒派出負責迎接的使者……甚至連門前都不見人影。明明我還發了通知要求事先備好酒宴，真是個不機靈的傢伙。」

白夜叉有些不高興地哼了一聲。

另一方面，黑兔則是頹喪地垂著兔耳，戰戰兢兢地對白夜叉開口：

「白……白夜叉大人……那個……這不是當然的情況嗎？即使沒用這對兔耳打聽，『牛魔王痛恨佛門』這點也是極為有名的傳言。身為帝釋天眷屬的人家自不用說，恐怕連白夜叉大人的來訪也不受歡迎……」

黑兔的兔耳不斷抽動，顯得相當害怕。

——佛門不但奪走了牛魔王的結拜兄弟孫悟空，還擊破了齊天的旗幟，甚至連牛魔王的親生兒子紅孩兒也皈依了佛門。所以坊間傳言，以牛魔王為首的剩餘妖王們和佛門之間有著非比尋常的深刻鴻溝。

然而即使知道這道鴻溝的存在，白夜叉依然搖了搖頭。

「不對，所以才要挑現在啊，黑兔。正如妳所知，現在的我已經把神格奉還給佛門了。如果要和那傢伙開誠布公地對話，只能趁現在的機會。」

白夜叉這麼說完，甩了甩自己的一頭銀髮。

「白夜叉」這名字，原本是代表她在佛門裡的神格。

身為「白夜」之精的她乃是掌管太陽運行的星靈之一，也是足以和太陽神相提並論的最高位存在之一。縱使白夜叉擁有不需要隸屬於任何宗派的強大靈格，然而她卻提出「允許她能以『階層支配者』之身分干涉下層」為條件，皈依佛門並抑制本身力量至今。

但是她已經在前陣子的魔王奇襲中奉還神格，因此現在並不是以少女外表，而是以成年女性之姿來顯現於世。

這頭會讓人聯想到黎明陽光的燦爛銀髮，可以說是和擁有龐大靈格的她非常相稱的風貌吧。

白夜叉抬頭望向平天的大本營，從橫向吹來的風讓她的鈴鐺發出清脆的聲響。

「現今有未知的威脅正在逼近下層。為了維持平安，應該會需要上層的實力者……牛魔王的力量吧，那份僅憑一己之身就統領了六名魔王的『平天大聖』之力——為了達到這個目的，我希望黑兔妳能把妳自身借給我。」

白夜叉以一種若是根據她平常行徑簡直會讓人無法置信的真摯眼神凝視著黑兔。

面對這非比尋常的氣勢，黑兔也站正姿勢，豎起兔耳點了點頭。

「人……人家明白了，既然知道是為了箱庭的平安，那麼人家當然不能退縮。在下『月兔』會以盡一己之所能的心態來面對！」

「嘻嘻，妳願意以那種氣魄來面對真是幫了大忙。」

「ＹＥＳ♪那麼，人家究竟要做什麼事情呢？」

「喔喔，話說回來我還沒說明呢！那麼——妳就換一套衣服吧！」

啪啪！白夜叉拍了拍手。於是在黑兔的眼前就出現了各種布料表面積極為稀少——甚至比現在身上這套服裝更為猥褻的一整排衣飾。

黑兔的腦袋和兔耳都在這瞬間變得一片蒼白。

「白……白夜叉大人？這……這些服裝是？」

「嗯！因為專屬裁判的契約更新日也差不多快到了！這些是我提前準備好的東西！就從這些服裝裡選出一套，靠妳的可愛性感來色誘牛魔王吧！那麼首先呢，要試試這套曾經放棄過的透明馬甲短裙配吊帶網……」

「襪是絕對不穿！人家不是早就說過了嗎！這個糟糕神！」

——啪啪！黑兔愛用的紙扇橫掃而過。

「真……真是的！都來到這種地方了，現在哪有空說這種亂七八糟的玩笑話！請您告訴人家真正的理由！」

「什麼啊！妳才別開什麼玩笑！我可是最強的『階層支配者』白夜叉！我向天地神明發誓，無論何時何地我都非常認真！使出全力！即使是在胡鬧亂來，也要盡全心全力！」

「您是傻瓜嗎啊啊啊啊啊啊！」

啪———！黑兔以過去從未表現過的氣勢來狠狠揮動紙扇。沒順利避開的白夜叉隨著震耳聲響飛出去撞上外牆，側頭部還埋進了牆裡。

＊

「嗚嗚……我還特地從收集品裡精挑細選出既可愛又性感的服裝帶來，妳到底為什麼如此不滿？」

「……不知道！」

臉頰和兔耳都發紅的黑兔用力把頭轉開。女性店員原本對兩人的互動頗不以為然，然而在往大樓閣內部移動的過程中，她也開始逐漸顯露出緊張的神色。

（就算白夜叉大人已經奉還了神格，但也有傳言指出，牛魔王對佛門的厭惡超脫常軌。為了防止對方對白夜叉大人做出什麼冒犯行徑，我必須打起十二萬分的精神……！）

進入大樓閣的女性店員把恩賜卡藏在和服袖子裡，臉上帶著緊張表情。

而白夜叉則大搖大擺地直直闖入無人的大樓閣。跟著她的黑兔和女性店員背後冒著冷汗，謹慎地開始往前走去。

「不過還真的空無一人呢。何必徹底清場到這種地步呢。」

白夜叉不高興地嘟起嘴巴。

平常應該有牛魔王的手下軍官在來回忙碌奔走的大樓閣廣大空間由於現在四下無人，感覺彷彿變得更加寬廣。

雖然冷清但四處依然可以看出生活的殘跡，顯然應該是匆忙退離現場吧。從這份詭異的寂靜中，能夠察覺出對方究竟對白夜叉的來訪是多麼警戒。

通過外牆走廊之後，伴隨著一股典雅的香味，視野也終於開展。

一行人原來是來到了中庭。只要通過這裡，就能到達牛魔王的王座。

即將謁見讓黑兔更加緊張，她抬起頭望向天空——

——而異變，正是從這蔚藍的空中降下。

「……咦？陽光……？」

才剛仰望的藍天裡，陽光突然急劇增強。

原本溫暖的陽光唐突地變化成足以灼傷皮膚的滾燙光線，傾注在三人身上。

刺眼的空中雖然隱約可見一個似乎是熱量來源的人影，然而由於對方背對太陽光，因此無法判別明確樣貌。

儘管無法得知對方長相和使用術法——不過很明顯，她們幾個目前正受到了襲擊。

「嗚！果然有埋伏嗎！」

「白夜叉大人！請您後退！」

黑兔和女性店員立刻挺身站在白夜叉前方。然而她本人卻繼續手叉著腰，以完全不帶警戒的態度抬頭仰望襲擊者。這時一根、兩根、三根……散發出金色光輝的羽毛從散發出灼熱氣息的人影那邊輕飄飄地落了下來。

白夜叉透過羽毛而領悟對方是誰，隨即換上了驚訝的表情。

「……真讓人吃驚，我不記得曾把要來拜訪這裡的書簡送過去。知道義兄將要與佛門關係者見面，竟是如此不快嗎，鵬魔王？」

黑兔和女性店員同時「咦？」了一聲。

這剎那，連陽光都相形失色的熱量和閃光包圍住附近一帶。

「——白夜王，要是來客只有妳一人，我也不會做出如此不識趣的行徑。」

響起的聲音屬於女性。

灼熱的閃光一口氣覆蓋住中庭，化為金色火焰包圍白夜叉等人。輕飄飄落下的羽毛——

不，以火焰形成的金翅猛然揚起，襲擊者也從空中飛舞而下。

襲擊者將一頭黑髮紮起，身上穿著花樣雅緻但從肩膀到背後大膽敞開的服裝，而且背後還出現了火焰金翅。

一看清襲擊者的全身，黑兔和女性店員不約而同地感到全身血液倒流。

「人類外貌和金翅火焰……難道是大鵬金翅鳥？」

「怎麼可能！甚至能和護法十二天相匹敵的最高位神鳥墮落成了魔王嗎……？」

周遭全被火焰包圍的兩人瞪大眼睛仔細觀察著襲擊者——鵬魔王。

兩人冒著冷汗維持備戰狀態，然而白夜叉卻像是要緩解這份緊張般地拍了拍她們的肩膀。

「好啦，妳們兩個都冷靜一點。的確那傢伙是金翅鳥（迦樓羅）沒錯，不過並非純血。那只不過是離家出走中的公主而已。」

「……咦？」

「離……離家出走中的……公主？」

「您是說鵬魔王嗎？」兩人發出訝異到走了調的聲音，觀察起鵬魔王。

和那身有著華美裝飾和雅緻花樣，以及裸露出背部的大膽服裝相反，鵬魔王的五官看起來的確似乎還帶著點稚氣。雖然靠著化妝來掩飾，不過妝容之下應該有著一張娃娃臉吧？

稚氣的真實面貌和繁複的雅緻裝飾。

掩蓋於氣質上的妖艷舉止。

彼此相反的魅力既蠱惑又帶有魔性，誘發出類似不道德的低劣情欲。

以魔王來說散發出異質稟性的鵬魔王似乎對於「公主」這種稱呼相當不滿，她惱怒地往前踏了一步，怒視著白夜叉。

「能不能請妳適可而止地改掉那個讓人受不了的叫法呢，白夜王。經過千年以後，小女孩會成為女性，公主也會成為女王。」

「那麼妳也改掉對我的稱呼吧，現在的我不是魔王。如果妳還是不願意改……嗯，那麼我就和千年前相同，在大眾面前充滿愛情地以『小迦陵♪』來……」

這剎那，周圍的金翅火焰一起襲擊白夜叉等人。

金翅的灼熱火焰是足以對抗神、對抗龍的最高位恩惠，一旦接觸，連魂魄都不會殘留。

別說屍骨，甚至連存在都能消滅的金翅火焰——卻被集中於白夜叉的掌上，接著遭到吸收，連周遭受熱變形的空氣都沒有留下。

（這……這麼輕鬆就把金翅的火焰……）

可以和煉獄相媲美的金翅火焰在白夜叉的雙掌上縮小，最後直接被捏扁。面對已經奉還神格，身為星靈的一面強烈顯現的白夜叉，即使是金翅火焰也無法占得上風吧。

早就因熱氣倒地的黑兔看到眼前發生的較量，不由得倒吸了一口氣。

這灼熱的火焰若是憑黑兔自身的力量根本連碰都碰不得，白夜叉卻能輕而易舉地消除。擁有魔王水準之人只要相見，恐怕光是開開玩笑都會丟掉性命。

事到如今黑兔更覺得自己實在是被帶來一個非常誇張的地方，兔耳也頹喪地垂得更低。

另一方面，鵬魔王則是歪著美麗的眉毛冒出青筋，不過依然保持威嚴，不客氣地對三人說道：

「……哼！老樣子，妳仍然是個怪物呢，白夜王。」

「妳也還是個調皮女孩呢，小迦陵。」

哼哼～白夜叉臉上浮現出像是在調侃她的笑容。

鵬魔王更是大為不悅，但也明白繼續重複這些行為並無意義所以放棄。以火焰編織而成的金翅就像是磷一般地讓熱氣消散而去。

同行的兩人原本因為一連串的對峙而腿軟般地癱坐在地，一回神後立刻紅著臉起身並站直姿勢。

（可……可是……沒想到她居然是金翅鳥一族的公主。聽說鵬魔王在七大妖王中也只是中堅程度……）

那麼，到底其餘六名魔王會是什麼樣的怪物呢？

接下來將會見的七大妖王之長──「平天大聖」又是實力多麼強大的人物？光是想像，就讓黑兔的背脊結凍般地頻頻顫抖。

鵬魔王以傲慢的眼神看了看黑兔，才把視線移到白夜叉身上。

「那麼，敢問來找大哥有何貴幹？如果只有已經退還神格的妳隻身前來還另當別論，居然把帝釋天的玩具帶來平天的大本營……這可是足以被視為宣戰的暴行喔。」

「啊～抱歉抱歉。不過畢竟我這邊也有各式各樣的隱情嘛，理由等進去以後再說，可以先讓我們前往御座廳嗎？」

白夜叉溫和地笑著，像是要保護黑兔般地往前走了一步。原本以為鵬魔王會採取強硬的態度，然而她的表情反而浮現出有些困惑的神色。

「……很抱歉，大哥不在。」

「妳說什麼？」

對白夜叉來說，這也是出乎預料的回答。

鵬魔王雙手抱胸，一邊整理服裝，同時告知情況。

「自從在半個月前去『鬼姬』聯盟救援以來，大哥連一次都沒有回來過。不過畢竟是大哥，說不定正在哪裡的土地上開心玩樂呢。」

「什……什麼……」

白夜叉彷彿大吃一驚般地喃喃回應。

——她聽說了在半個月前發生魔王突襲事件的當時，牛魔王曾前去援助北區階層支配者「鬼姬」聯盟的消息。然而也收到在擊退魔王後，牛魔王立刻離開聯盟的報告。因此白夜叉一直以為他已經回到了根據地。

「那麼妳之所以前來平天的大本營……」

「嗯，是因為受到這裡的宰相所託，希望我代替大哥款待妳。基本上我們也準備了酒席……不過就是因為妳把佛門的畜生給帶來，才害我們白忙一場。」

「……嗚！」

鵬魔王用袖子掩著嘴角，以侮辱的視線望向黑兔。

雖然黑兔可說是由親和魅力來聚集構成，不過從先前開始一直遭受到的無端侮辱讓她不由得皺起眉頭。再怎麼說她也是淵源正統的「箱庭貴族」之一員，儘管不會輕率地濫用權威，但心中還是有著自傲與自負。

黑兔往前踏了一步，為了反駁而抬頭——

「喔？想打嗎，『月兔』？」

——卻被反瞪，因此又垂著兔耳往後退了三步。

這幅光景正如同被蛇瞪著的青蛙，不，是被大鷹盯上的兔子。

看到這後退的動作，就連白夜叉也忍不住和女性店員一起送出冷淡的視線。

「黑兔，剛剛的反應實在有點沒出息。」

「的確。正是因為這樣，妳才會被同伴們取笑為『箱庭貴族（恥）』。」

「剛……剛才的情況不一樣嘛！人家退後是因為帝釋天和金翅鳥在種族上的相剋性……咦

為什麼妳知道那個稱呼啊啊啊啊啊啊啊啊！」

黑兔發出了來自靈魂的吶喊，然而女性店員卻愣了一下。

「……咦？該不會妳真的被稱為『箱庭貴族（恥）』吧？」

「──咦？」黑兔的動作變得更加僵硬。

從女性店員那純粹的訝異反應中，察覺不出什麼經過算計的含意。

換句話說，先前的發言可能只是「偶然的一致」吧。

淵源正統的「月兔」怎麼可能會被加上（恥）字來稱呼呢──這種真心話雖然沒有說出口，但意思仍舊確實傳達了出來。

然而正因為她的眼神如此純真，才會更凶狠地貫穿了黑兔的自尊心。

「……唔……嗚……嗚啊啊啊啊啊啊啊啊啊──！」

由於戒慎恐懼謹守至今的自尊受到了前所未有的致命傷，黑兔發出了令人難以理解的奇妙叫聲，並噙著頗為認真的淚水，沿著來時的原路狂奔而去。

沒打算傷她這麼深的女性店員以難得的驚慌態度目送黑兔的背影離開，白夜叉也很難得地以似乎很頭痛的態度隨便揮了揮右手。

「好了我這邊沒關係，妳去追黑兔吧。一定是平常累積的精神疲勞一口氣爆發了。」

「我……我明白了。」

女性店員以視線向鵬魔王致意，接著就加快腳步追趕狂奔離開的黑兔。

另一方面，原本因為置身事外而發愣的鵬魔王在兩人身影都消失後終於回神。

「……妳還真是帶來了一個相當奇妙的種族呢。」

「是嗎？我認識的兔子大概都是那種樣子喔。」

「是這樣嗎？」鵬魔王歪了歪頭。

白夜叉也很無奈地展現出疲態，抬頭望向平天的旗幟。

「不過真是傷腦筋啊，竟然無法謁見第一候補的牛魔王……那麼乾脆交給那些小子們……不不，可是對那些傢伙來說畢竟還是太早了……」

「唔～」白夜叉陷入了沉思。

鵬魔王大概是因為趕走黑兔而稍微鬆了口氣，以緩和了幾分的語氣開口問道：

「無論如何，對於大哥不在這事我該道歉。如果有傳言我可代為轉達。」

「不，這事沒找他直接討論就沒有意義，何況也沒有時間。既然無法得知牛魔王何時回來，只能去找其他候補人選……」

「候補人選？」

「嗯。」白夜叉鄭重地點了點頭。

她雖然猶豫了一下是否該說，不過立刻做出應該沒問題的結論。

「我暫時……要從東區『階層支配者』的位置上退任。」

「……什……」

鵬魔王的表情染上了驚愕的神色。

然而仔細一想這也是理所當然。白夜叉在過去曾承受魔王的烙印，是靠著皈依佛門才好不容易讓她獲得身為善神之保證，並認可她有權干涉下層。

換句話說，現在的白夜叉等於失去了後盾。

已經奉還神格的現在，活動受到限制也是當然的發展。

「所以需要一個足以擔當我的繼任者，具備實力的『階層支配者』。」

白夜叉的這段發言裡，包含著堅定的決心與氣魄，以及責任和沉重的壓力。因為這份魄力而深吸了口氣的鵬魔王察覺出這番話的背後隱藏著非比尋常的隱情。

「那麼，從『階層支配者』退任之後……妳就不會待在現在的四位數，而是要回到原本的階層嗎？」

「抱歉，這點不能告訴妳……而且無論我的進退如何，我仍舊認為需要優秀的『階層支配者』。」

「這意思是？」

「嗯……現在的『階層支配者』中，除了我以外，只剩下『Salamandra』、『鬼姬』聯盟、和『龍角鷲獅子』這三個聯盟有在活動。而且他們的領導者，全都是些和魔王實戰經驗尚淺的人士。這樣下去萬一發生最糟糕的情況時，即使是我也無法全部顧及。」

無論哪一個組織都是出身於五位數的大型共同體或聯盟。擁有中層數一數二的實力，也具

備能和魔王對等戰鬥的組織力。然而和魔王交手將是超越想像的激戰。

要是又像這次碰上一口氣出現數名魔王的情況，他們並不具備能夠對應的基礎。

這種慘狀下，身為最強「階層支配者」的白夜叉卻還要抽身，實在太危險了。

「所以經驗豐富又熟知魔王遊戲的老資格強者……妳的義兄牛魔王就雀屏中選了。」

然而，這位最有力的候補人選卻不在。

若是在「鬼姬」聯盟面臨危機時就率先採取行動的他想必……白夜叉抱著希望來此，然而這些行動卻以浪費時間告終。

不得已，白夜叉開始遷思迴慮，想要決定下一個候補人選。

然而她的思緒卻被下一句話給打斷了。

「……是嗎？既然情況嚴重至此，那麼繼續隱瞞恐怕算是不守道義的行徑吧。」

「妳說什麼？」

白夜叉反射性地回問。鵬魔王並沒有回答，只是認命般地拿出一封信函丟向白夜叉。

「還有這是來自宰相的傳言：

『這是牛魔王陛下在出發支援之前吩咐要交給白夜叉的信件』。」

「什麼…………！」

這次輪到白夜叉講不出話。

如果此言為真，就代表牛魔王早已預知白夜叉會前來拜訪。而且這封信函的封蠟上還蓋著平天的旗幟。
那麼再也無可置疑，這的確是牛魔王本人發給白夜叉的信件。
（意思是他已經推測出……我會來訪嗎……？）
白夜叉皺起眉頭，以詫異的心情拆開信函。
內容只以潦草的筆跡寫下了這樣一句話——
「於南方大樹處，後繼之芽在矣。願君能心懷雀躍參加之。」
——就這樣，可說是明確又簡潔到了極點。
白夜叉再三看過這短短的句子之後，把先前那種憂鬱表情給拋到九宵雲外——並像是打心底感到愉快般地發出了響亮笑聲。
「哼哼……哈哈哈……！哎呀呀！居然能在千里之外的遠方預測出未來嗎？『平天大聖』！那個頑皮小子，看樣子不管是名號和鬼點子都沒有生鏽！」
白夜叉甚至笑到抱著肚子彎下腰。
……果然自己的眼光沒有錯。到現在她更是深刻體認到這份信心。
白夜叉開心地回過身子，讓銀髮輕快散開呈扇狀，背對鵬魔王。
「妳真是幫了大忙，小迦陵！託妳的福我總算找到了光明！之後我會安排送上謝禮！」

「……如果真要感謝，首先希望妳別再使用『小迦陵』這個叫法了。」

雖然鵬魔王垂下肩膀抗議，然而白夜叉只是笑著搪塞過去。

叮鈴！白夜叉離開平天的大本營，只在現場留下清脆鈴聲的餘音。

——「Underwood」底部區域，收穫祭接待處。

直到三天後，黑兔才獲得白夜叉解放。

太陽開始西沉，現在是夜幕正準備覆蓋大樹都市景觀的時刻。

黑兔背對著黃昏的夕陽，舒口氣伸了個懶腰。

「呼啊～……終於獲得解放了。」

她頭上的兔耳先「唰！」地豎直，又立刻失去力氣軟軟垂下。

雖然在知道必須與白夜叉同行時就已經做好心理準備，然而還是沒有預料到自己居然是因為那麼隨便的理由而被強行帶走。

（算了……白夜叉大人也有可能是為了要隱瞞什麼而故意敷衍過去。）

畢竟她是「階層支配者」，應該藏著什麼不能隨性說出口的祕密吧……或者該說，黑兔不想認為白夜叉真的是為了要讓自己去色誘牛魔王。不不，怎麼可能會是那樣。

無論如何，白夜叉的目的似乎已經解決。總算從直到最後都還拚命想讓自己穿上透明馬甲短裙的白夜叉魔手中逃出之後，黑兔「呼～」地鬆了口氣。

來到收穫祭接待處的黑兔正好碰上了樹靈少女桐乃。

「人家是『No Name』的黑兔，可以允許人家前往貴賓室嗎？」

「已受理……啊，可是『No Name』的各位不在房間裡喔。」

「哎呀？」黑兔歪了歪頭。

桐乃將收穫祭的地圖和記載了預定流程的羊皮紙製導覽手冊交給黑兔。

「呃，我聽說的預定是——

逆迴十六夜大人預約了地下書庫的閱覽。

久遠飛鳥大人、春日部耀大人前往參加狩獵祭。

仁·拉塞爾大人帶著同伴和『六傷』的代表開會。

莉莉妹……呃……莉莉大人和年長組的各位則是偏勞他們去協助開幕式了。」

「哎呀呀，大家都很乾脆地各走各路呢。」

黑兔搔著兔耳，抬頭望著「Underwood」大樹。

「那麼選個最簡潔的地方，來去找十六夜先生吧。從哪邊的通路可以過去呢？」

「呃……地下書庫必須使用渡船經由水路前往，因此需要有人帶路。可是因為收穫祭所以目前所有人都不在——」

「是噢，既然那樣要不要由我來帶路呢？」

「咦？」黑兔和桐乃把視線投向接待處的內部。

從接待處內部出現了一個——身材偏瘦，雙眼細長而且其中一邊還戴著眼罩，臉上掛著可疑笑容，而且操著一口似乎不太正統的關西腔的男子。

「蛟劉大人……這樣好嗎？您是『龍角鷲獅子』聯盟的客人，所以不必勉強做事……」

「可啦可啦別在意，起碼人手不足時應該要互相幫忙呀。」

這男子先摸了桐乃的頭兩三次之後才走出接待處。

黑兔突然側了側腦袋。

（咦……這一位……）

——很強。即使男子並無敵意，黑兔依然反射性地心生警戒。

儘管對方的態度看來一派自然，腳步動作卻很和緩，站姿也毫無破綻。應該是抱著無論何時或何種情況都能擺出備戰態勢的心態才能辦到吧。

即使是那乍看之下偏瘦的身材，也是全身經歷過超越想像的鍛鍊而呈現出的結實體格。

如果真要舉出不對勁之處……大概只有完全無法從他身上察覺出類似霸氣等威勢的這點吧。

（如果是因為顧慮桐乃小姐而特意收起霸氣，那還真是了不起。能在自然狀態下把霸氣抑制到這種程度的人應該很少呀。）

不是倚靠才能而是藉由修行來磨練自己的人，通常這份嚴苛都會化為氣勢散發出來。本來這人光是呆呆站著就可以鎮懾住這名樹靈少女吧。

然而眼前的男子──蛟劉卻把如此誇張的潛在能力隱藏得非常完美。

「初次見面，『箱庭貴族』小姐。我叫作蛟劉，是個沒有姓氏四處漂泊的傢伙，看妳想怎麼叫我就怎麼叫吧。」

他來到黑兔面前行了一禮，臉上依然掛著那副可疑的笑容。

雖然這人全身上下都散發出令人起疑的氣質……不過並沒有感受到惡意，因此黑兔判斷相信他應該不會有問題。

「YES，請多多指教！」

「哈哈，真有精神。那麼首先前往地下水路吧。」

兩人離開接待處，一起乘上用來前往地下書庫的渡船。

目的地是由大樹根部支撐起的「Underwood」洞穴。途中有地下水路，因此渡船自是不可或缺。雖然也不是不能游泳過去，不過萬一弄錯方向跑去瀑布那邊的斷崖，那麼就會直接一個倒栽蔥摔下去。

不久之後渡船到達了岸邊。這個地方靠近河川，既通風不良還容易累積濕氣，若要當作書庫，即使說是最惡劣的環境也不算是言過其實吧。

「這……這種地方有書庫嗎？」

「哎呀～我一開始也是那樣想呢，不過總之妳打開門看看吧。」

黑兔在蛟劉的催促之下把手伸向門扉。

黑兔一打開書庫的大門，裡面就溢出了乾燥的空氣。

（哇……！）

乾燥的風撫過黑兔的臉頰。沒做好心理準備的黑兔不小心整個肺裡都吸滿了缺乏水分的空氣，立刻開始用力乾咳並又關上了大門。

「原……原來如此，水樹的根部吸收了大氣中的水分，製造出了乾燥室呢。」

「就是那樣。我會在渡船上等，妳去叫朋友過來吧。」

蛟劉隨性地揮了揮手，點起愛用的菸管。

黑兔進入書庫內部尋找十六夜。這裡的環境很難算得上舒適，一直窩在這種地方在衛生面上也沒有好處。因此黑兔認為一定要儘快把十六夜帶離這裡，鼓起幹勁開始搜索。

她四處巡視陳舊的木造書架角落，最後甚至來到了書庫的中心，發現了一個在提燈火光下不斷晃動的人影。

「……十六夜先生？」

「嗯？噢，原來是黑兔啊。」

讀書中的十六夜似乎專注到了甚至沒能察覺他人氣息，他的語氣裡透出些微的訝異。不過黑兔的吃驚反應卻更為明顯。

原因就是，十六夜身上有著平常沒有使用的裝飾品——

「是……是怎麼了呢？那個……那副眼鏡。」

「是傑克賣給我的東西。乾燥先姑且不論，畢竟這裡很陰暗嘛。據說這是使用能調整光線折率並進行夜視的玻璃所製成的眼鏡。」

十六夜說完，重新把眼鏡戴好。

細長外型的眼鏡為十六夜帶來更睿智的氣質。對於本質上其實知識相當淵博的十六夜來說，這副模樣看起來反而比空著一張臉時更加適合他。

「真……真讓人家吃驚，原來十六夜先生這麼適合戴眼鏡。」

「……嗯？就算妳特別奉承，我也不會給妳什麼喔。」

「不不！這是真心話！該說比平常看起來更成熟還是怎麼解釋……總之戴著眼鏡看起來更有智慧，真的很帥氣喔！」

黑兔用力揮著雙手激動說道。

「唔？」十六夜把視線從書本往上移。

要是平常的他，這時應該會講個一句兩句甚至三句四句的調侃發言或是自我意識過剩的台詞，不過很遺憾他這天睡眠不足。

被十六夜盯著瞧的黑兔總算察覺自己剛才講了很讓人害臊的言論，只能不斷晃動著發紅的兔耳。

十六夜抬起昏沉的腦袋大大打了個哈欠，邊伸著懶腰邊起身站好。

「算了，被人這樣稱讚當然不是壞事啦。」

「是……是這樣嗎？」

「嗯。話說回來，外面現在差不多是幾點了？」

「是太陽開始西沉的時段。」

「是嗎？那麼狩獵祭應該快結束了。我要先去找莉莉討論今天晚上的事情，再和大小姐還有春日部會合。還有小不點少爺也差不多該締結好同盟了吧。」

黑兔訝異地「咦？」了一聲。十六夜也以感到意外的視線回應。

「怎麼，妳之前沒聽說嗎？就是要去找『六傷』進行同盟交涉的事情。」

「什……什麼時候談了這種事？」

「兩天前吧。一開始是找嘎羅羅大叔提這件事情，不過卻被先擱置了。說什麼『六傷』正好要進行世代交替，所以希望我們跟會來參加收穫祭的下任領袖談過之後，再決定今後的事情。」

「原來是這樣啊。」這樣回應的黑兔有些不安地點了點頭。

——在上次和巨龍的戰鬥後，「No Name」已經獲得能升格為六位數以及會歸還土地設施的保證。然而要升格為六位數的最低條件包括了必須在領地的外門掛出「旗幟」，憑「No Name」被魔王奪走「旗幟」與「名號」的身分，無法獲得升格為六位數的許可。

因此他們決定要製作共同體締結同盟的證據——「聯盟旗」，來彌補這個缺失。

「這邊和『六傷』似乎從以前就有過共同體之間的交流，我想算是安全牌。除非小不點少爺犯下什麼非常愚蠢的失敗，否則應該沒問題吧。」

「是……是那樣嗎？」

黑兔不安地垂著兔耳。如果對象是「六傷」的嘎羅羅，應該不會硬塞什麼難題給我方，也能順利進行交涉吧。然而現在卻突然必須和沒見過面的對手進行會談，而且我方還是個「無名」共同體，對方會不會逮住弱點來交涉呢？

然而十六夜還是以很想睡的模樣繼續伸著懶腰。

「我說妳何必那麼不安，難道妳真的那麼不相信小不點少爺嗎？」

「並……並不是因為那樣！可是既然挑選收穫祭這種時機來發表世代交替……那麼對於那位『六傷』新首領來說，這次的交涉應該是第一份重大工作。萬一是個急著想要立下功勞的人，不知道會使出什麼樣的謀略。」

「嗯，妳這話也有道理。」

「既然這樣，由十六夜先生一起同行並提供智慧會比較──」

──咚！黑兔的額頭突然被彈了一下。

力道並不是很強，但由於事出突然，讓黑兔不由得閉上嘴伸手按住額頭。以一臉想睡表情看著黑兔的十六夜則微微瞇起眼睛。

「放心吧，黑兔。小不點少爺的交涉一定──絕對會成功。」

恍惚眼神恢復原本神采的十六夜如此斷言。

看到十六夜語氣肯定到彷彿是在說什麼確定事項，黑兔有點畏懼地把想說的話又吞了回去。

當十六夜使用這種說話方式時，就代表他內心已經得到確實的解答。雖然這是能信賴的現象……然而一想到必須相信的對象是仁，黑兔心中依舊殘留著不安。

十六夜雖然有點不以為然，但還是露出表示理解的笑容，繼續彈打黑兔的額頭。

「算了，我也不是無法體會妳的不安。畢竟要去信賴一個年齡有一段差距，平常都當弟弟看待的人，的確會耗費相當多的精神力。」

咚咚。

「可是只有這次妳該相信他。或許這次是對方的第一份重大工作，不過對小不點少爺來說也是一樣。既然立場相同，那麼應該要更有信心吧？」

「啊……噢……」

咚咚咚！

「而且我已經看過小不點少爺的交涉戰略了，我可沒有把他培訓成都準備好那種『最後王牌』還會輸掉的傢伙，妳就放一百二十個心吧。」

咚咚咚咚咚咚咚！

「人……人家明白了所以等一下啦！那個！十六夜先生？」

——咚！黑兔的額頭總共被彈了十五次。

十六夜彈完第十五次的那瞬間，突然吸了口氣並以驚愕的眼神盯著黑兔。接下來他以彷彿察覺到世界真相的真摯眼神開口說道：

「……『箱庭貴族（額頭）』。」

「囉唆！」

啪——！爽快的聲音響遍了「Underwood」的書庫。

＊

由於聽到黑兔用力揮擊紙扇造成的聲響，蛟劉以慌張的態度大喊：

「喂～發生什麼事了？剛才我聽到很驚人的大聲響。」

「沒……沒什麼！」

黑兔藏起自己愛用的紙扇往後退開。

這不熟悉的說話聲讓十六夜狐疑地歪了歪腦袋。

「剛剛是誰？我沒聽過那聲音。」

「是『龍角鷲獅子』聯盟的客人，蛟劉先生。他在渡船上等我們，趕快過去吧。」

黑兔這樣說完，就抓住十六夜的後領。在這種狀態下直接被拖到書庫外面的十六夜一和蛟劉視線相對，立刻皺起眉頭。

「……這笑容真是怎麼看怎麼覺得可疑。」

「等……」

「哎呀～我經常被別人這樣形容，連我妹也總是嘲笑我說很可疑很可疑。」

蛟劉抱著肚子哈哈大笑。他本人大概也有自覺吧，並沒有特別表現出不高興的樣子，直接開始划起渡船。

十六夜看著口咬菸管悠哉划船的蛟劉，以不解的態度發問：

「……你不參加收穫祭的遊戲嗎？」

「當然不，我是那種四處漂泊的傢伙。是個與世浮沉，在箱庭各地徘徊的浪子。」

「喔？那還真是可惜，憑你的實力應該有很多地方想要延攬吧？」

「哦？」黑兔有了反應，應該是和十六夜有著相同想法吧？然而蛟劉只是苦笑著搖了搖頭。

「哈哈，你太抬舉我了。像我這種連自身旗幟也無法保護的傢伙，不管是哪裡的共同體都不想要吧。」

蛟劉哈哈笑著，呼出一大口煙。

十六夜輕輕皺眉，黑兔則是反射性地壓住自己的嘴巴。

「……是嗎？我真是講了不識相的發言啊。」

「無所謂啦，嘎羅羅還當面直接說我是『乾枯漂流木』呢。」

「講得真好。看你缺乏霸氣的這種樣子，的確是那樣沒錯。」

十六夜哇哈哈笑著附議，蛟劉只能苦笑。

黑兔雖然感到困惑，但也以總算稍微理解的態度垂下視線。

（原來……他不是把霸氣藏起來，而是真的沒有霸氣……）

「乾枯漂流木」——應該是在形容夢想破滅只能隨波逐流的樣子吧。

雖然兩人無從得知蛟劉是基於什麼理由才失去共同體，然而落日之傷是無法那麼輕易就能痊癒的。

十六夜為了改變話題，開口對黑兔發問：

「對了，黑兔。妳是被綁架到哪裡去了？」

「啊～……這說來話長，其實人家去了北區的平天大本營……」

——嘎匡！渡船突然用力晃了一下。

「哇……呀……！」

這突然的搖晃讓黑兔失去平衡，以整個人撲倒在十六夜身上的姿勢倒下。

「嗚喔！抱歉！你們兩個還好吧？」

蛟劉慌慌張張地重新掌好船舵。

十六夜雖然同樣吃了一驚，不過他的對應卻快得多了。

（哦哦？這可真是賺到了。）

黑兔那豐若有肌又柔若無骨的身體隨著渡船搖晃而整個壓在自己身上的感觸相當不錯。豐滿胸部的柔軟度自然不必多言；還有那宛如高級布料般緊貼著手不放的肌膚，光是碰觸到就能讓人感到蠱惑性的甜美。如果是一般男人，恐怕只消手指碰到大腿就足以失去理性，會用力掐著那如同初雪般的柔嫩肌膚把黑兔推倒吧。

——不愧是諸神的寵物。即使不具備魅惑的恩惠，光是彼此接觸就已經十分性感誘人。

「啊……呀……對……對不起！」

黑兔害羞到甚至連兔耳和頭髮都不受控制地變化成緋紅色，趕緊和十六夜拉開距離。對於純情的黑兔來說，剛剛的意外事故帶來的衝擊大概有些過於強烈吧。

她不斷晃著兔耳和尾巴，紅著臉垂下頭去。

（哎呀……擁有如此性感的身體，居然能培育出這種性格。）

十六夜感慨萬千地點頭，彷彿打心底感到佩服。

雖然時間還不到十秒，然而要用來趕走睡意卻是個效果爆表的衝擊。十六夜做出結論，認為這肯定是因為自己平日常做好事。

這時他回想起黑兔剛剛講到一半的事情。

「……對了，色……黑兔。」

「請等一下。您剛剛說了個色字？您打算說色什麼？」

「……對了，色情兔。」
「就算是這樣也請不要改口重說一次啊這個傻瓜！」
啪！紙扇一閃而過。十六夜不高興地繃起臉。
「……箱庭貴族（色……」
「人家怎麼能讓你講出來啊這個大傻瓜～～～～！」
砰啪──！黑兔使出灌注全心全力的一擊。
讓渡船比先前更劇烈搖晃的結果，就是黑兔又整個人撲進了十六夜的胸前。

＊

──「Underwood」，東南高原與荒佐野樹海，境界線。
在十六夜和黑兔見面的十五分鐘前。
在被夕陽染成朱色的高原上，一陣旋風刮起沙塵並在原地盤旋。
突然發生的強風讓異形的鳥群──擁有鹿角和鳥翼的幻獸「佩利冬」一齊拍動翅膀飛起。
「──趁現在！」
從起風處的丘陵傳來少女的聲音──春日部耀打出的訊號。
鳥群從高原被趕往森林上空，接著受到來自正下方樹海的箭矢同時射擊，有七隻摔了下來。

「解決了！」

「大豐收！」

「不！還沒！」

樹海中傳出放箭獵人們發出的歡呼聲與警戒聲。然而落下的佩利冬只是翅膀被射中了而已，立刻抬起上半身把尖角前端朝向攻擊者。

佩利冬明顯表露出兇猛的本性，還擺出了備戰態勢。

然而追擊卻在另一名少女——久遠飛鳥的喊聲後發動。

「趁現在！梅爾！破壞立足點！」

「是！」

隨著一聲年幼而生澀的回應，佩利冬們的立足點瞬間化為泥濘。

翅膀和立足點都被奪走的牠們就這樣往橫倒下，失去行動自由。而把握這個破綻射出的第二箭則了結了這些佩利冬的生命。

從丘陵趕來的耀確認狩獵成功後，像是鬆了口氣般地讓緊繃的肩膀放鬆。

「……飛鳥，沒事吧？」

「嗯，春日部同學也辛苦了。」

「謝謝，這樣應該能進入狩獵祭的前幾名吧？」

「這點還無法確定，不過畢竟規則是有角的動物分數較高，名次應該可以期待。」

兩人以勝利為目標，充滿自信地互相點頭。

——她們正在參加的這場狩獵，是收穫祭舉辦的恩賜遊戲之一。

在巨龍之戰後，那些包括佩利冬在內，通稱為「殺人種」的幻獸們依然在「Underwood」附近徘徊不去，甚至還開始襲擊為了復興而提供支援的共同體。

畢竟不能把牠們丟著不管，因此「龍角鷲獅子」聯盟決定要驅逐這些有害動物。這時……

「反正機會難得，乾脆募集參加者舉辦成遊戲不就得了？因為是收穫祭，即使加入狩獵遊戲應該也沒問題吧？」

——認同了十六夜的這個提案，所以演變成現在的狀況。兩人為了確認記載於羊皮紙「契約文件」上的內容，把視線放到了遊戲規則上。

「恩賜遊戲 — 『Underwood』收穫祭，狩獵部門 —」

・參加者：

自由參加（必須事先提出申請，到比賽前一天為止）。

・遊戲規則：

一、以共同體為單位來競爭戰果（遊戲中允許結盟）。

二、包括亞人在內的人類必須穿戴狩獵用的裝備。
三、勝敗以按照獵物總重量計算出的分數來決定。
四、長角戰果可以加分（但僅限於承認獵物可作為供奉、祭品等的情況）。
五、期間為前夜祭的正午到日落為止。

宣誓：尊重上述內容，基於榮耀與旗幟，各共同體參加恩賜遊戲。

『龍角鷲獅子』聯盟印」

將規則瀏覽過一遍之後，兩人看著彼此點了點頭。

「佩利冬體型大，而且也有長角，應該可以獲得大量分數。」

「嘻嘻，是呀。雖然有一半要算是『六傷』成員的得分，不過依然是高分。」

「嗯。可是恩賜的使用次數也已經用完……差不多該回去了。」

兩人把視線朝向旁邊正在搬運佩利冬的一行人。

其中有名成員發出充滿精神的聲音靠了過來。

「哎呀！原來常客小姐們這麼厲害！既然成果如此豐碩，一定也能炒熱收穫祭的氣氛！」

「六傷」的貓少女，嘉洛洛．干達克搖晃著麒麟尾。

她也裝備著狩獵用的胸甲和弓箭參加了這場遊戲。

「佩利冬不但兇猛而且還以群體活動～如果只有我們，實在有點吃力。結果居然可以這麼輕鬆地打倒牠們！果然各位常客真的很了不起呢！」

聽到興奮歡呼的兩人露出微笑，這時飛鳥突然提出了個疑問。

「不過這個叫做佩利冬的動物能吃嗎？」

「當然！佩利冬的肉類似鹿肉，非常好吃！可以火烤，也可以鹽漬，或是加工成燻製品！今晚的開幕式上肯定可以看到一整隻一整隻看起來美味可口而且香味四溢的佩利冬排成一整排！」

嘉洛洛興奮地用力揮著兩手這麼說著，卻又突然抬眼望向遙遠的夕陽。

「而且……因為和巨龍的戰鬥，使得原本要用在收穫祭裡的食物有半數都不能用了。一場不能以共同體各自帶來的獵物和收穫來宴請大家的收穫祭，實在太掃興了。所以這場狩獵祭的成果將會影響到收穫祭成功與否……嘻嘻，我會讓常客們嚐到特別好吃的美食喔！」

嘉洛洛用力豎起大拇指，想必心情非常愉快。

聽到嘉洛洛這番話，耀也咬著手指想像起開幕式的各式美食。

「是嗎……原來今天的開幕式可以吃到飽。」

「是沒錯啦，不過春日部同學，流口水太沒有教養了喔。」

耀猛然回神擦了擦嘴角。正當飛鳥因為她這種樣子而露出苦笑時，把佩利冬放上載貨馬車的老貓——嘎羅羅．干達克對著三人搭話。

「喂～裝完了喔！所有人都上車吧！」

「是～！」三人出聲回應並搭上載貨馬車。

然而就在下一瞬間——從附近森林裡傳出野獸喪命前的刺耳慘叫。

「……喔？這是有人獵到了什麼大獵物吧？」

嘎羅羅快活地這麼說道，並揮鞭策馬前進。

離開樹海的一行人沿著道路橫越高原，朝向繳交獵物的舞台會場前進。這條平日不常被使用的道路沒有經過鋪設因此路況很差，光是一點落差就讓馬車搖來晃去。不過第一次品嚐到搭馬車經驗的飛鳥在這樣的激烈晃動中依然笑得很開心。

「這種過去時代的交通工具別有一番情趣，真不錯呢。」

「嗯，可以討論一下『No Name』要不要也來使用這類東西。」

耀一點頭贊同，嘉洛洛的雙眼立刻亮了起來。

「如果各位有那種計畫，歡迎隨時和『六傷』洽詢！我們會以友情價來為各位準備好各式用品喔！甚至現在還提供『海駒（Hippocamp）』馬車的租借服務！」

「是……是嗎？那聽起來也很棒呢。」

突如其來的商談讓飛鳥不由得苦笑。不過可以在水上行走的馬車確實不錯，如果這兩天就要舉辦的恩賜遊戲「Hippocamp 的騎師」有趣的話，大家一起去兜兜風或許也很好。

「……黑兔也會高興嗎？春日部同學覺得如何？」

「我覺得不錯，就當成是計畫V吧。」
「嗯！」兩人對著彼此重重點頭。
嘉洛洛倒是不解地側了側腦袋。
「黑兔小姐怎麼了嗎？」
「噢，其實是——」
飛鳥才講到一半，馬車的車輪就隨著地鳴聲高高彈起。
車上的貨物也跟著浮上半空，還彈跳了兩、三次。
因為這個突發事件而撞到兩次後腦的飛鳥和嘉洛洛壓著頭部用力站了起來。
「好痛……！剛……剛剛的震動是怎麼回事？」
「是什麼呢？好像是有什麼非常巨大的東西掉到地上。」
三人中唯一擺出備戰態勢的耀從馬車縫隙輕輕往外窺探。然而她還來不及確認，負責駕駛馬車的嘎羅羅就發出了歡呼聲。
「嗚喔喔喔！妳真厲害啊！這下狩獵祭的優勝已經確定了嘛！」
「——什麼？」飛鳥和耀面面相覷。
無法對此話置之不理的兩人都跳下馬車來到外面。
處於高原中段位置的風景是——眼前有超過三十隻佩利冬和十二隻魔獸殘黨，全都在一擊之下斃命。

「……原來妳們也參加了這次狩獵祭。」

一個冷靜沉著的女性聲音傳進了飛鳥等人的耳裡。

兩人同時把視線轉向聲音來源處的高台，只見高台上出現一名彷彿身後背負著陽光的人物……正是戴著面具的騎士，斐思．雷斯。

飛鳥以彷彿吃了黃蓮般的表情抬頭望著她。

「這是我們要說的台詞，面具騎士大人。我還以為妳不會參加這一類的野蠻遊戲。」

「嗯，當初我並沒有預定要參加……只是我也必須顧及所謂一般程度的人際往來。」

斐思．雷斯無奈地這麼說完後輕輕嘆了口氣，看來她並不是很有意願。

不過這個舉止反而讓飛鳥感到很意外，她沒有想到從剛見面時就一直展現出超然氣質和壓倒性絕技的斐思．雷斯居然也有如此人性的一面。

飛鳥目不轉睛地盯著斐思．雷斯看，她也似乎很不解地微微歪了歪頭。

「……有事嗎？」

「呃……不，沒什麼。」

飛鳥慌慌張張地否定並轉開視線，然而這時她才第一次產生疑問。

在那身純白盔甲與冰冷鐵面具之下——到底藏著什麼樣的真面目呢？

在這種氣氛下，嘉洛洛很快地接口大聲嚷嚷：

「哎呀～真厲害！大概是我們收穫量的五倍左右吧！」

「……五倍？」

斐思・雷斯再次以似乎感到不可思議的態度歪著頭望向飛鳥等人的載貨馬車。然而一看到貨物的數量，她隨即換上彷彿感到不快的反應，還很明顯地嘆了口氣。

這實在讓人不得不火大。飛鳥像是要反論般地往前踏了一步。

「妳等一下。看到別人的戰果，那種態度太沒禮貌了吧？」

「……失禮了，我還以為妳們應該會打到更多獵物。」

「唔唔……」飛鳥和耀無言以對。

斐思・雷斯拿出恩賜卡，瞬間將打到的獵物收進卡中，之後便往高台的對岸移動。

在身影消失之際……再次回頭的她果然還是很倦怠地又嘆了口氣。

＊

——「Underwood」地下都市・收穫祭的攤位街。

在那之後，飛鳥、耀、嘎羅羅等三人把貨物送到獵物集中處，接著前往「Underwood 地下都市」。

被破壞的住家已經全部都被拆除，都市內主要是被攤位和展示品給占據，除此之外頂多可以看到幾間能遮風避雨的臨時小屋。

這樣晚上睡覺時不會很不便嗎？飛鳥感到很疑惑，而嘎羅羅則豪爽地笑著解釋。

「沒什麼，在南區這是常有的情況。而且只要收穫祭一開始，大部分的傢伙都會喝得沒日沒夜，沒人會介意這種小事。」

「……是嗎？」

飛鳥以不高興的聲音回應。

嘎羅羅一邊冒著冷汗，同時為先前的狩獵祭做出總結。

「對……對了，小姑娘們，剛才的狩獵表現得相當不錯喔。『六傷』也擠進了前幾名，我也覺得與有榮焉。」

嘎羅羅開心笑著，在攤位上買了烤雞串。飛鳥和耀也各自拿到了一根。

然而飛鳥和耀卻有點不高興地看了看彼此。

「可是……我們沒能優勝。」

兩人不滿地嘟起嘴。

結果，果然還是由「Will o' wisp」以壓倒性的分數奪下了勝利。

雖然愛夏似乎也有參加狩獵祭，但好像獲得分數中的百分之九十九都是斐思．雷斯打到的獵物。以那種提不起勁的態度參加還能獲得這種成績，果然是個令人畏懼的對手。

嘎羅羅先解決第一根烤雞串，才以複雜的表情點點頭。

「『萬聖節女王』的寵臣……我記得她叫做『斐思．雷斯』吧？不過其實也沒什麼好不甘心啦，畢竟妳們兩人也留下了確實的結果，而且那傢伙真的等級不同。」

「才沒有那種事，如果沒有嘎羅羅先生訂下的限制，絕對可以優勝。」

耀以難得的強烈語氣反駁，不過這次的事情背後別有隱情。

在正常情況下，像佩利冬這種程度的幻獸即使來個數十隻對兩人來說也不成問題吧。

就算不使用那種迂迴的戰法，也能夠一隻不放過地全部打下。

她們之所以無法辦到這一點，是因為除了遊戲規則以外，嘎羅羅還給了其他限制。

「春日部同學只能使用獅鷲獸的恩賜，而我只能和梅爾合作。也對啦，因為迪恩還在修理所以無法使用……不過照理說，成果應該要多出好幾倍才對。」

飛鳥以不滿的眼神看著嘎羅羅。

原來在巨龍之戰結束後，兩人為了要完全發揮新獲得的力量，所以找嘎羅羅討教。雖然本來是耀提出的要求，後來卻連飛鳥也跟進。

嘎羅羅以前是「階層支配者」德拉科．格萊夫的參謀，正是因為想借重他這份經驗，兩人才會主動提出想拜師的請求。然而結果卻是這樣，自然也會感到不滿吧。

可是當事者嘎羅羅卻咬著烤雞串，以不以為然的視線回看兩人。

「我說啊，小姑娘們。身為共同體的主力，怎麼可以輕易展示出自己的底牌呢？萬一被對手摸清底細事先擬定對策，這才是共同體的損失，就連根據地的防衛力也會被看透。是這樣沒錯吧？」

「……那是……」

「別的不說，首先『無論碰上什麼遊戲都使出全力』可是三流玩家的行為。要把能獲得的恩惠和自己擁有的實力拿來衡量，之後才出手作戰，這才叫作真正的一流。尤其是這次的狩獵祭幾乎算是無償的義務活動，既然小姑娘們身為主力，那麼妳們的任務就是要只以兩、三成的力量來得出結果。」

兩人都保持沉默。雖然無法完全信服，但大概也覺得這番話的確有道理吧。

嘎羅羅拍拍兩人的肩膀繼續勸戒。

「聽好了，妳們兩人的重點遊戲是『Hippocamp 的騎師』，所以在比賽之前要好好儲備氣力。要不然到頭來，妳們還是無法對抗那個戴面具的騎士小姐喔。」

「……嗚……這種事情我自己也明白！」

飛鳥不高興地把臉轉開。

嘎羅羅聳聳肩膀，接著轉身背對兩人。

「我還要準備開幕式所以要先走了……不過不管怎麼說，妳們在狩獵祭裡確實很努力。要是之後有來『六傷』攤位時我會補償妳們，就這樣扯平吧。」

語畢，嘎羅羅帶著苦笑離開。

兩人目送他的背影離開，直到看不見之後才輕輕嘆了口氣。

「……其實我也能理解嘎羅羅先生的意思。畢竟要是我認真使用恩賜，一定又會三兩下就壞掉。」

「啊……嗯，飛鳥的情況只能說是迫不得已，而且妳也已經謝絕繼續接受免費提供了。」

飛鳥一臉苦悶地點了點頭。在她的右手上，裝飾著由「六傷」幫忙準備的古董形護手。

她高舉起雖然外型簡樸但裝飾著美麗寶石的手背遮住天空，再度嘆氣。

「還以為自己好不容易獲得了不會輸給春日部同學或十六夜同學的力量……結果卻必須砸錢下去才能使出全力戰鬥……真是諷刺到極點。」

飛鳥用手搭著臉頰，憂鬱地喃喃說道。

她以「鍛鍊」為名義，已經破壞了數十個恩賜。

「六傷」不愧是下層區域裡屈指可數的知名商業共同體，免費提供了簡易恩賜之類的物品，然而那些東西卻無法負荷飛鳥的力量，一個接一個損壞。飛鳥對這種情況感到很過意不去，決定以目前手上持有的物品作為最後，謝絕了往後的免費提供。

——「捨棄家族、友人、財產，以及世界的一切，前來『箱庭』」。

事到如今才為那些已經捨棄的財產感到可惜，的確是最大的諷刺吧。

「雖然這是我自己該負的責任，但果然還是覺得有點沒出息呢……不過今後為了避免無謂的浪費，我得先仔細考量之後再參加恩賜遊戲。畢竟就連能發出火焰的寶珠，一套似乎也要價一枚銅幣呢。」

「嗯，是呀。那麼作為節約的第一步，今晚就來……Let' s go……到處邊走邊吃？」

「咦？」飛鳥像是大感意外地把視線移到耀身上。

也不知道耀是什麼時候跑去買了東西，只見她的手上拿著兩個剛烤好的蘋果派，正在開開心心地把散發出甜美香味的派塞進嘴裡。

飛鳥也收起尖銳的氣勢，苦笑著伸出手。

「是呀，難得有這個機會，我也來嚐一個吧。」

「嗯？」

「咦？」

「嗯？我沒有要給妳喔。」

耀把第二個蘋果派塞進嘴裡，表現出滿心幸福。

飛鳥鼓起泛紅的臉頰，跨著大步走向攤位，基於一股衝動買了三個櫻桃派，保持氣質但有點自暴自棄地吃了起來。

享受過櫻桃派特有的酸味和甜味在舌尖上擴散的感覺，心情也稍微變好的飛鳥以突然想到的態度開口發問：

「話說回來，春日部同學。那個耳機妳已經給他了嗎？」

咳咳！嗆到的耀激烈地咳了起來。

看這個反應就明白答案的飛鳥帶點責備地皺起眉頭。

「該不會還沒有給他吧？」

「……嗯。」

「那麼把耳機弄壞的事情呢？」

「已經道歉了。他一下子就原諒我了，爽快到讓我簡直有點不敢相信……只是……」

耀吞吞吐吐地不再說話。

為了取代壞掉的耳機，耀原本打算召喚父親擁有的耳機並交給十六夜。雖然之前曾經弄丟，不過後來被發現掉在瓦礫堆上也成功回收。

父親的耳機上有著同樣的廠商標記，也就是火焰型的符號。耀本來想要把這個耳機交給十六夜，藉此賠罪並獲得原諒——然而……

「聽說那個耳機……不是市販品，而是朋友的作品……」

「……這……」

到此，飛鳥也總算明白內情。

根據十六夜的個性，應該不會對率直道歉的對手太過苛責。然而得知耳機的過去後，耀卻無法把耳機拿給十六夜。

和市面上販賣的商品相比，贈送者寄託在手工製物品上的感情不同。要是拿替代品來還給十六夜，或許反而會勾起對方的不快。

（……咦？可是……這種情況是不是有點奇怪？如果是獨創物品，為什麼會有同樣的標誌呢？）

飛鳥的腦中總覺得有哪裡不太對勁。

和飛鳥的反應相反，耀用力握緊雙手。

「所以我要把那個耳機視為爸爸的物品保存，然後找其他東西來賠罪。而且我已經和十六夜約好要送他在收穫祭裡得到的東西。」

「是……是那樣嗎？」

「所以我才會更想在狩獵祭裡獲得優勝，嘎羅羅先生真是不會體諒別人。」

耀鼓著雙頰繼續把派塞進嘴裡。然而她的動作卻突然停止，派才咬了一半手也僵在半空中，只是瞪大雙眼把視線固定在攤位旁邊。

感到很不可思議的飛鳥歪了歪頭。

「春日部同學？看妳突然停下動作，是怎麼了？」

「……飛鳥，那是什麼？」

耀用空著的手往前一指，飛鳥也跟著移動視線……

卻突然有個拳頭大小的東西「砰！」地以高速猛烈撞擊她的額頭。

「呀！」

「嗚嗶！」

「啊！飛鳥！」

耀把派拋開，慌忙衝到飛鳥身邊。

幸好並不嚴重，不過這意外事件帶來衝擊和震驚反應讓飛鳥不由得彎下腰整個身子前傾。她伸手壓住紅腫的額頭，因為介意撞擊犯人那不自然的聲音而抬起頭。

撞上飛鳥的那東西——是一隻拳頭大小，正在眼冒金星的精靈。

「這……這個小東西……是精靈？」

「比梅爾還小呢。看這個尺寸，好像可以一口吞下。」

「是呀……要吃嗎？」

「要吃！」

「不可以吃！」

察覺到自身危險的精靈，整理好用絲線編成的洋紅色服裝站了起來。這彷彿似曾相識的邂逅場景讓飛鳥露出苦笑——

砰啪！第二次、第三次的碰撞襲擊她的額頭。

「呀啊啊！」

「嗚啊啊！」

「哇啊啊！」

「活該♪」

啪啪！最後的聲音是以帶著惡意的飛踢來發動襲擊。飛鳥忍不住往後倒，整個人仰躺在地。

「有……有四隻同樣的精靈……？」

耀無法把握到底發生了什麼事，總之先算起了現場那些浮在半空中的精靈數量。

總共有四隻，身上穿著高級絲質洋紅色連身裙的她們應該和梅爾一樣是某種群體精靈吧。

在半空中吱吱喳喳地吵鬧一陣之後，精靈們就像是什麼都沒發生過那般整群飛走了。

耀只能半張著嘴，看著一連串的騷動發生又結束。這時從人群的另一頭傳來熟悉的女性叫聲——原來是「Thousand Eyes」的那個女性店員。努力推開人群，小跑步來到這邊的女性店員一看到耀等人立刻停下腳步。

「呼……呼……那……那邊的『No Name』成員！妳有沒有在這附近看到五人組的小小群體精靈？是穿著洋紅色連身裙的少女型精靈！」

「咦……呃……嗯，看是看到了，那是『Thousand Eyes』的精靈？」

「不，那不是精靈……啊，這種事不重要！她們往哪邊去了？」

「她……她們飛下那邊的懸崖往廣場去了。」

耀指著懸崖下方的大廣場。

女性店員用力瞪了懸崖下方一眼，才扯住耀的袖子硬把她拉過來。

「妳會飛吧？請立刻去追她們！」

「等……等一下……」

「春日部同學。」

——這時突然有人從背後用力抓住耀的肩膀。

她戰戰兢兢地回頭，發現額頭紅了一大片的飛鳥以不由分說的表情瞪著自己。

「飛……飛鳥……？」

「……來去抓住她們吧，一個都不能放過。」

飛鳥以比平常更為高壓的語氣如此宣言。畢竟她擁有強烈的自尊心，對於額頭被踹中好幾次的事情，想必嚥不下這口氣吧。

明白事已至此只能認命去追的耀握住飛鳥和女性店員的手，從懸崖邊跳了下去。

*

「Underwood 大樹」會談室，深綠廳。

在狩獵祭結束沒多久之後，仁．拉塞爾也開始準備面對和「六傷」締結同盟的會談。

深綠廳裡還沒看到交涉對象的身影，他的左右則有打扮成女僕的珮絲特，以及同樣穿著女僕服裝卻一臉無奈的白雪姬陪伴在旁。

「為……為什麼我白雪必須穿上僕人的服裝擔任隨從……！」

「我看妳也差不多該認命了吧？不愧是『Thousand Eyes』準備的服裝，不但料子高級，而且只要習慣之後穿起來的感覺也還不差吧？」

已經完全習慣女僕服的珮絲特悠哉地挖苦著白雪。

——白雪姬原本為了那個水源開拓的案件而外借，但由於神殿建設比當初計畫延遲，所以暫時又回到了「No Name」的旗下。

一開始她也堅決抵抗並表示：「誰要穿什麼女僕服！」然而和十六夜進行以平常服裝為賭注的遊戲後，不但百戰百敗，最後還差點被迫穿上筆墨難以形容的猥褻服裝，於是只能心不甘情不願地接受穿著女僕服裝的義務。

雖然在黑兔的好心安排下拿到了較不暴露的服裝，然而對於從來沒穿過西式裙子的白雪姬來說，這服裝本身就已經是未知的物體。

「……我好懷念和服。」

「那妳就穿啊，配給的服裝裡也有和服吧？」

「那……那種露肩露背露胸甚至連腳都暴露在外的玩意怎麼能算是和服！愚蠢！」

「哦？妳到現在才覺得那樣很丟臉？明明妳住在原本棲息地時，外表是條蛇而且全身光溜溜啊。」

「妳真是個連種族文化差異都無法理解的傢伙！而且我原本並不是蛇，而是活人獻祭的——」

——叩叩，這時深綠廳的大門響起敲門聲。

仁坐正姿勢，並勸止左右兩人。

「妳們兩個安靜下來吧。」

兩人閉上嘴之後，木造的大門緩緩打開。

在前方的是穿著正式服裝的嘉洛洛，接著她退開將中央位置讓給「六傷」的新首領。

從大門另一端出現的是——一個看起來和仁同年齡的貓獸人。

「……你就是仁．拉塞爾？」

「是的。你是嘎羅羅．干達克的公子，波羅羅．干達克嗎？」

波羅羅．干達克隨口打了聲招呼，並推了推眼鏡。

陪著仁的兩人大感意外地放鬆肩膀解除緊張情緒。

（……小孩子？）

（這真是年輕……不，年幼的領導人。）

對方有著一頭亂髮配上圓框眼鏡，那對眼白特別明顯的眼睛更是讓他顯得比實際年齡還要頑皮。雖然只有打扮方面穿著了儀式用服裝，不過基本上看起來只是個正處於反抗期的普通少年。

（既然要和同年代進行交涉，仁應該不會慘敗吧……真無趣。）

（不過居然派了個十歲左右的小毛頭來負責這種將會影響共同體未來的會議，這世界還真是沒救了呢。）

兩人在內心思考著類似的結論，並聽著仁的介紹。

「這邊的兩位是為本共同體服務的僕人。右邊是珮絲特，左邊是白雪姬。」

「我知道，是水的蛇神和病魔的化身吧。那個水源設施的建築案，『六傷』也有參了一腳。」

「你說什麼？」

白雪詫異地反問。

波羅羅在對面的位子坐下後，露出虎牙兇猛地笑了。

「『六傷』可是商業共同體喔，怎麼可能會放過大規模都市開發的情報，更何況那可是在『階層支配者』中被視為最強的白夜叉親自經手的下層支援方案。在未知的魔王開始活躍，人們開始憂慮情勢的狀況下，那些『治安良好的土地』光靠著這個自身條件，價值就能夠提昇。我推測今後移往東區的共同體也會增加，所以搶得先機，正在與那些在東區擁有根據地的共同體順利地進行商談……你們也是預測到這點才來找我們交涉吧？」

波羅羅咧嘴一笑，以那對眼白特別明顯的眼睛盯著仁瞧。仁並沒有回答，只是調整了坐姿，繼續保持沉默。

另一方面，波羅羅這出乎意料的切入點讓珮絲特和白雪姬看了彼此一眼。

原本還在防備對方可能會提出不利的條件，然而這個叫做波羅羅的少年卻從一開始就提出了「No Name」的價值之一。這應該會成為今後交涉的指標吧？

（意思是……才能和器量值得期待所以才會成為新首領嗎？）

（哦……這下變有趣了呢。）

她們可以確定，這個少年絕對不是那種急著想要立功的不成熟者。覺得事態開始有趣起來的兩名旁觀者在內心竊笑並觀察起兩人的動向。

仁讓會話暫時中斷一陣子後，才以平常那種不太可靠的笑容來對應。

「呃，的確是這樣沒錯。果然被看穿了嗎？」

「也沒什麼好看穿，這點小事連我們家的蠢蛋哥哥們也懂。」

「你有哥哥嗎？」

「當然有。我是第二十五個小孩兼老么，除了嘉洛洛姊姊以外還有其他年齡和我相差很多的哥哥姊姊。」

「是吧？」波羅羅回頭看向嘉洛洛。

嘉洛洛依然因為一起前來參加這種不習慣的交涉場面而緊張得全身僵硬，只能勉強點點頭回應。

聽到這些的仁雖然臉上保持笑容，但內心卻繃緊了精神。

「真厲害。明明有二十四個兄弟姊妹……結果卻是老么的你當上新首領。」

仁笑著，別有含意地講了這麼一句。

波羅羅也察覺出這點，很不客氣地咧嘴露齒而笑。

「也是啦，我們這邊每一代都講求實力主義。會在決定首領的時期舉辦作為考驗的遊戲，最後獲得最佳戰果的人就能成為首領……恩賜遊戲真的是很恐怖的東西呢，就算採用的取勝方式在正常情況下即使發展成內部抗爭或分裂也不足為奇，敗者卻連這種權利都會失去。」

「———」

即使有造成內亂、分裂的危險性，依然能避免發展成危機，在組織內讓眾人競爭繼承人大位。

而且，剝奪有力的繼承人候補發動叛亂的權利。

仁從這兩點推論出遊戲的內容。

「也就是一場要競爭在共同體內的支持度……而且敗者必須接受對勝利者絕對服從之契約的遊戲。即使勝利者是弟弟或妹妹……」

「甚至是小妾的小孩也一樣。」

波羅羅以更加尖銳的語氣如此說道，然而他的聲音裡卻沒有憂慮或心虛的成分。

身為老么，又是妾的小孩，卻能以這種沒多大歲數的少年身分來成為新首領，站上率領整個共同體的立場。為這份在惡劣環境中取得的勝利感到自豪的這名少年，正坐在談判桌前。

珮絲特和白雪姬眼中的輕敵之心自然而然地消失，換上了面對強敵的心態。

仁也像是要細細思量般地點了兩三次頭，才佩服地笑了。

「真……真厲害呢，既然在共同體內可以獲得那麼多支持，那麼你果然也很習慣談判交涉？」

「你說呢？接下來就要由你自己對這點做出評價啦，仁・拉塞爾。」

波羅羅露出很符合年紀的狂傲笑容。判斷無法更深入刺探的仁對著桌子把身體往前傾，開始進入主題。

「……我想你已經從令尊那邊聽說過，我等『No Name』現在正為了製作聯盟旗而尋求著能締結同盟的對象。」

「關於這部分的情報我已經都知道了，畢竟要升格為六位數，旗幟是不可或缺之物。簡單來說為了建立起一個形式上的聯盟，你們希望借用我方的名字吧？那麼作為出借名字的代價，你們會給我方帶來什麼利益？」

波羅羅笑得很狂妄，對於這場能和為數不多的同年代領導者進行的交涉，他打從心底感到期待。

仁沉默了一陣子，才從和波羅羅的提問完全無關的切入點提起話題。

「我想稍微換個話題……我認為『龍角鷲獅子』聯盟會在最近進行統合。」

話一出口，波羅羅臉上的笑容就立刻消失。

「……真是有趣的玩笑，你為什麼會那樣認為？」

「因為聯盟不再有優勢。『龍角鷲獅子』聯盟並不只是一個按照成員各自種族來區分並隸屬於各共同體的集團。而是從這個基礎上再按照各個種族來分割成專任的領域。例如針對戰鬥的共同體、或是針對防衛的共同體、針對運輸的共同體等等……就是以這種形式，各自按照負責任務來進行分配。只不過雖然講好聽點叫做『專任』，然而一旦和其他共同體分割，就會受到摧毀性的傷害。因為恩賜遊戲並不是只有競爭戰鬥力。」

「…………」

「至今為止都是作為獨立共同體來彼此聯絡，然而『龍角鷲獅子』聯盟即將成為五位數──而且是『階層支配者』。那麼為了要取得更加緻密的互助合作，比起由各自獨立的專任型共同體聚集而成的集團，反而有必要轉型成為萬能的大型共同體……不是這樣嗎？」

仁講到這邊，把話題又拋回給波羅羅。

以平靜表情聽著仁發表推論的他其實內心有點佩服。

（哦……看來似乎不是從其他首領那邊得來的情報。）

──沒錯，仁君推論命中了七成。

「龍角鷲獅子」聯盟很快就要進行統合。關於這件事已經下達了箝口令所以不能說出真相，話雖如此波羅羅也不打算完全裝傻。

在仁把統合拿來作為交涉主軸的那一瞬間，波羅羅就已經找出了這次談判的妥協點。在這個前提之下，他首先試著稍微打打迷糊仗。

「喂喂，你這番話真是前後矛盾。就算假設聯盟統合一事為真，你為什麼還要來找『六傷』洽談同盟？」

「因為只有『六傷』不會被統合。」

仁像是要直搗核心般地繼續這個話題。

「『六傷』和其他共同體的情況不同，『六傷』是『針對經濟力』的共同體。所謂的經濟力，無論在哪種領域都能夠發揮出一定程度以上的活躍表現。而且最重要的一點是，『商業共同體更改「旗幟(象徵)」和「名稱(品牌)」』是重大的打擊。那麼不要和『龍角鷲獅子』聯盟進行統合，一方面繼續照舊達成財務管理任務，另一方面也建立起若即若離的關係，才能讓優勢和缺失得以打平……應該是這樣吧？」

（哇喔！了不起。）

扣掉最後有點沒自信的收尾，仁的推論幾乎是滿分。那麼根據這個前提，「No Name」只能以一件事情來進行交涉。

波羅羅軟化自己的態度，咧嘴一笑。

「原來如此。不，既然這樣，那接下來就好談了。換句話說『No Name』願意保證會扛起『六傷』失去聯盟後的損失——也就是藉由『聯盟權限』來以武力介入對魔王的遊戲……是這樣沒錯吧？」

「是的。」

仁毫不猶豫地回答，然而至此一直靜靜旁觀的白雪姬慌忙插嘴：

「等……等一下，小子！你有聽清楚剛才那段發言嗎！他是要我們保證會以武力介入對魔王的遊戲！是無論魔王是修羅神佛，情勢有利與否都必須出手的契約！如果只是想借用名號，未免過於暴利！」
「喔？我們的名字和旗幟那麼不值錢嗎？」
波羅羅像是逮到機會般地開口煽動。
白雪姬瞪著他閉上嘴巴。
——所謂的「聯盟權限」，是指當同聯盟的共同體遭受魔王襲擊時，即使不符合參加條件也能夠介入遊戲的權限。
然而正常來說縱使聯盟成立，也不會產生必定得提供支援的義務。即使有失面子，然而要是為了保護其他共同體而導致自家共同體面臨危險，就失去了身為領導人的資格。因此通常會先評估戰況和敵方勢力、勝利條件等等之後，才決定是否參加。魔王就是力量如此恐怖的天災，在箱庭世界中受到眾人畏懼。
然而這個同盟卻要訂下「不考慮魔王實力就提供援助」的契約。
仁以肢體動作制止白雪，把身體往前傾。
「只是，和魔王的戰鬥極為嚴苛。雖然我等的同志都是能以一擋千的實力堅強者，但我想果然還是會造成嚴重的消耗吧，因此希望『六傷』能在其他方面提供支援。」
「好～我明白了。要是有什麼必要的東西，隨便你開口。」
波羅羅大動作地把身體往後仰並做出承諾。對於「No Name」擁有的遊戲參賽者實力，他給予非常高的評價。只要把這些費用視為請他們對付魔王的保險費，那還算是便宜。

「六傷」支付物品、金錢。

「No Name」流血賭命作戰。

……然而這樣簡直是傭兵或奴隸的契約。兩名女僕以帶著失望和憤怒的視線瞪著仁的背影。

（……根據剛才的發展，應該可以訂下更好的條件啊。）

（到頭來還是小孩子的膚淺考量嗎？）

負責流血的並不是身為領導人的仁本身，而是以三名問題兒童為首的他們幾人。得知這個同盟內容之後，和他們之間的關係一定會產生裂痕吧。

現在到底該怎麼辦呢？兩人在心裡抱頭苦思。

然而仁卻沒有理會這樣的兩人，繼續進一步的交涉。

「那麼，可以來討論支援的內容嗎？」

「哈哈，你真急性子……好啊，要是已經決定想要的東西就講來聽聽吧。是要錢或武器？還是戰鬥用的恩賜？」

「我希望你們能派遣人才。」

「——什麼？」波羅羅的音調整個轉變。

仁慌忙補充。

「啊……不，我並不是需要能成為參賽者的人才。只是在共同體的經營面上，接下來預定會需要大量的同志，所以希望你們可以把能成為勞動力的人才派遣到我們這邊。」
「……勞動力？需要多少？」
「最少也要兩百人左右吧。」
這次波羅羅很訝異地皺起眉。
據他所知，「No Name」是以主力成員的戰鬥力為賣點的共同體。雖然也有獲得他們正在整頓農園的情報，然而規模卻也沒有大到需要另外的勞動力。
那麼到底是要用在什麼上的勞動力呢——波羅羅動起腦筋，才突然想起一件事情。
（話說起來……我記得當「No Name」能升格為六位數共同體時，也會一併歸還土地和設施……目標是這個嗎！）
波羅羅雖然找到了答案，但同時也狠狠地咂舌。
仁率領的「No Name」過去在東區也是數一數二的共同體。如果推論他們想升格為六位數的目的是為了要取回遺產，那麼遺產究竟等同於多少價值呢？
（而且這不是個人等級的小事。要是遺產的價值高到足以讓他們想要大規模的勞動力……不對，難道價值甚至足以讓他們願意接下和魔王的戰鬥嗎……？）
算到最後，被賤價買下的到底是哪一邊的共同體呢？很遺憾，波羅羅手上並沒有能拿來衡量的材料，現在他必須盡可能取得更多一點情報。
「……對於派遣同志成為勞動力這一點我沒有異議。不過身為共同體的領導人，我不能在目的不明瞭的情況下就把人派出去。」

這已經是逼近極限的刺探動作了，還有剛剛的交涉內容也絕對沒有處於劣勢。

如果光是這樣仁就願意解釋那是最好，萬一他說什麼「那麼我們要去找別的共同體洽談」就立刻低頭服軟，算是給彼此都找個台階下。

為了不要看錯彼此都能妥協的界線，波羅羅小心翼翼地進行刺探。

然而仁卻以乾脆得簡直讓人意外的態度一口應允，並回頭對著珮絲特說道：

「……珮絲特，可以把包包拿給我嗎？」

「咦？噢……好。」

正在專心聽著兩人攻防的珮絲特因為話題突然帶到自己身上而嚇了一跳。

珮絲特把包包遞給仁之後，他拿出一個被鄭重封印的箱子，接著把一顆約有人頭大小的亮晶晶金屬塊，以及大量的陳舊羊皮紙交給波羅羅。

不知道那些是什麼的珮絲特和白雪姬不禁面面相覷。

然而明白價值的波羅羅瞬間色發白，拿著羊皮紙猛然站了起來。

「……等一下……先等一下……這個……再怎麼說這個也太誇張了吧！」

波羅羅不由自主地大叫，並開始迅速閱讀羊皮紙的內容。

那些古老的羊皮紙上——記載著礦山的結構圖和推定採掘量。

而且礦產並不是銅鐵或金銀那類的陳腐俗物。

無論在天地魔境或是任何地點，這些羊皮紙上提到的礦石應該都擁有傲人的價值吧。
仁先確認波羅羅對於礦石價值有十分的理解之後，才開口說道：
「——那是『金剛鐵』的礦脈，我們的目的就是……開採匯集了『星之恩惠(Terra material)』的領地。」

第二章

——「Underwood」收穫祭，七號廚房。

在預定要舉辦主祭典的廣場旁邊，可以看到提供給收穫祭使用的食材堆成了一座小山。想要烹調的人紛紛從食材放置場自行取走想要的物品，根據獨自的食譜大展身手。

離開大樹的十六夜和黑兔受到廣場裡四處瀰漫的香味吸引，漫無目的地到處移動。

「嗚……我原本的目的是要征服所有攤位，但數量未免太多了。然而屈服於數字暴力之下可是讓人難以忍受的屈辱……！」

「呃……那個……沒有必要勉強去吃吧？」

「不……那怎麼行！我過去曾經贏得『祭典殺手』這種別號，怎能對異世界的攤位舉白旗投降！雖然不得不放棄在第一天就全面征服的目標，但我一定會在三天內完全稱霸……！」

十六夜以挑戰的態度瞪著攤位。

這時從廣場角落的七號廚房那邊傳來莉莉的聲音。

「這聲音……是莉莉？」

話說起來，桐乃曾經說過年長組們在幫忙收穫祭。黑兔和十六夜暫時停止對話，往聲音傳來的方向移動。

從廚房內傳來肉類和蔬菜經過仔細熬煮後產生的芬芳香味。

她大概正在烹調著什麼菜餚吧？十六夜和黑兔來到廚房附近之後，就聽到莉莉正唱著走了調的歌。

「燉菜～燉菜～好吃的燉菜～♪攪拌～再攪拌～就會變得更好吃～真讓人高興～♪」

「是呀。」

莉莉驚訝地「呀！」了一聲，才慌忙回過頭。

原來是正在仔細觀察自己，臉上還掛著不懷好意笑容的十六夜；以及微笑旁觀的黑兔。

莉莉因為不好意思而唰唰地揮著兩條尾巴，臉紅狐耳赤地生氣地說道：

「真……真是的！偷聽是不好的行為！」

「是呀，不過我們是正大光明的聽所以沒問題。」

「對呀～♪」

兩人開起玩笑，莉莉則鼓著臉頰生悶氣。

十六夜很好奇莉莉攪拌的鍋中有什麼內容，舀進小盤子裡自顧自地嚐起味道。

「……真是少見的口味，是不是放了什麼增加香氣的材料？」

「咦？啊……是的，這是來自先前狩獵祭的肉，為了消除腥味所以使用了香草。因為聽說類似鹿肉，所以我想仔細燉煮到肉變嫩之後再調理成燉菜分配給大家。尤其在南區，鹿被視為有功德的動物以很受歡迎。」

「喔～是這樣……」

「YES！南區的收穫祭有把擁有角的動物視為神聖的風潮，即使是收穫祭以外的祭典，羊、水牛、鹿之類的動物也依然很貴重喔。」

黑兔豎起食指做出補充說明。

在這之後沒過多久，廣場中心就開始了演奏表演。

以弦樂器為中心的主旋律再搭配了橫笛、鼓等樂器交織而成的樂聲逐漸擴散。注意到音壓的十六夜來回看了兩次鍋子和廣場，才像是恍然大悟般地點了點頭。

「將有角動物視為神聖的風潮和這個曲調……原來如此，換句話說南區這一帶傾向愛爾蘭系嗎？」

「YES！雖然還是要看地域，不過『Underwood』和『龍角鷲獅子』聯盟特別有這種傾向。還有在神道的觀點裡，角也是擁有力量者的證明。」

「東區的收穫祭中也有由稻荷神主導的祭典，母親大人每年都會收到邀請。」

「哦？南區不舉辦嗎？」

「呃……是的。因為南區主流的穀物不是米，而是小麥和玉蜀黍。祭祀方法也不一樣，聽說即使舉辦祭典也不會有人前來參加。」

「原來如此。」十六夜理解地點點頭。

——在穀物中，最被廣泛栽培的是米、小麥、玉蜀黍這三種。

由於這些植物的收穫量會根據地區氣象產生變化，信奉的神佛們也自然地逐漸劃分出各自的勢力範圍。如果舉行祭典時無視這些範圍，很明顯將會導致主祭神明蒙羞。

「不過箱庭的戲碼還真是豐富呢。等享受過這場收穫祭之後，我也很想去參加稻荷神的祭典。」

十六夜哇哈哈地輕快笑著。然而他想參加祭典的理由並非只是為了娛樂，或許也認為正好可以藉此實行以前和莉莉訂下的約定吧。

之後十六夜把視線移往食材堆積如山的桌子，以突然想到什麼的態度開口發問：

「啊，對了。那邊的材料除了烹調以外也可以拿走嗎？」

「咦？」

「這樣問的意思是？」

「我想到一個因為在之前戰鬥中受傷所以沒辦法參加收穫祭的傻子，所以想說拿一隻去慰問一下。」

十六夜輕浮地哇哈哈笑了。

然而黑兔卻表現出對照反應，垂著眼把視線朝下。

「您是在說……格利先生的事情嗎？」

「嗯，牠說過喜歡吃鹿肉或馬肉之類，我要讓牠好好後悔自己沒法參加收穫祭這件事。」

十六夜這麼說完就走向食材放置場。

黑兔先對莉莉使了個眼色，才追上十六夜。

「格利先生的狀況果然不太好嗎？」

「不，似乎沒有生命危險，已經恢復到可以四處走動的程度了。」

「那……那真是太好了。」

「嗯，獅鷲獸的翅膀在進化過程中似乎原本就是不需要的部分，據說就跟人類長出尾巴的情況類似，是沒有意義的東西。也不會因為少了翅膀而無法在空中飛翔，所以牠叫我別在意。」

「…………」

十六夜哇哈哈笑著，態度和平常並無二致，這番話的內容也毫無疑問是真實吧。獅鷲獸可以操縱旋風，踩著大氣前進，因此翅膀只不過是無用之長物。

然而失去羽翼對於「獅鷲獸」這個種族來說，卻是致命的缺陷。

大地之王的獅子以及空中之王的大鷲。

獅鷲獸的尊嚴正源於牠們兼具了兩種雄姿。牠肯定沒有意願以現在這種尊嚴受損的模樣出現在大庭廣眾的面前。

黑兔煩惱著自己到底該對互相顧慮到彼此的兩人說些什麼才好，然而身為當事者之一的十六夜卻完全沒有表現出那種消沉的態度，回過頭來開口說道：

「……妳不必擔奇怪的心，畢竟又不是完全治不好。」
「咦？」
「雖然我還沒找到具體的方法，不過這裡是諸神的箱庭吧？那麼即使出現那種可以醫好不治之傷的神佛也沒什麼好奇怪……是啦，目前的狀況是連對方住在哪裡都完全沒有線索，不過是我自己說要負起責任，所以我會好好鼓起幹勁去找。」
和隨性的口氣相反，十六夜眼裡甚至散發出彷彿在發誓般的堅強意志。
面對表現出這種態度的人，同情只是多餘。
因此黑兔也以快活的模樣來回應。
「如果是那方面的事情，人家也可以提供協助喔！」
「哦？妳有什麼頭緒嗎？」
「YES！人家可是淵源正統的『箱庭貴族』！在一兩位有名醫術師面前當然很吃得開！」
黑兔以抓緊好機會的態度挺起胸膛，十六夜也點點頭沒有跟她開玩笑。
兩人來到放著食材的特大桌子前方，接著拿出麻袋，捲起袖子鼓起幹勁。
「好～！來爽快地拿一大堆食物過去吧！」
「YES！為了預祝格利先生能早日痊癒，當然要拿很多慰問品去給牠！」
「總之就先拿這隻鹿……鹿？」

「哇！十六夜先生危險！」

拿起切好肉塊的十六夜「嗯？」了一聲，只把頭部往回轉。結果就看到一隻比拳頭還小一點的精靈正撞向他的臉。

啪！他伸手把對方打扁。

「咦！扁了？打扁了？十六夜先生您剛剛打扁了什麼啊啊啊啊啊啊啊！」

「就當作什麼都沒看到吧。」

「說得也對呢。」

「好～！來爽快地拿一大堆食物過去吧！」

「ＹＥＳ！為了預祝格利先生能早日痊癒，當然要拿很多慰問品去給牠！」

「總之就先拿這隻鹿……鹿？」

「哇！十六夜先生危險！」

拿起切好肉塊的十六夜「嗯？」了一聲，只把頭部往回轉。結果就看到三隻比拳頭還小一點的精靈正撞向他的臉。

啪啪啪！他伸手把對方連續打扁。

「咦！扁了？這次真的打扁了好幾個吧！十六夜先生您到底把什麼東西打扁了呀啊啊啊啊啊啊啊啊！」

「就當作什麼都沒看到吧。」

「說得也是呢……同樣的梗玩兩次怎麼可能會行得通呀這個傻瓜！」

啪！紙扇一閃而過。十六夜本身大概也覺得要繼續裝蒜實在有困難，只好心不甘情不願地把抓到的精靈展示給黑兔看。

「真是，我怎麼可能真的隨手打爛呢，我只是用雙手抓住飛過來的東西甩進麻袋裡而已。」

「那……那點小事人家也知道！」

兩人探頭望向已經放了肉的麻袋內部，只見裡面有四隻眼冒金星的精靈正意識不清地發出了「咪～」的叫聲。黑兔撈起其中一隻仔細觀察，卻突然換上認真的眼神。

「……咦？這些孩子不是精靈。」

「哦？」

「她們……難道是『拉普拉斯小惡魔』嗎？怎麼可能，拉普拉斯的終端為什麼會來到這種下層……」

在黑兔明確表示這種情況不應該發生之前。

音樂聲全都停下，路上的喧囂也嘎然而止。黑兔察覺到這是因為開幕式的準備工作已經完成，趕忙抬起視線看向設置於斷崖中間位置的舞台。

只見斷掉的龍角上還包著繃帶的聯盟議長——莎拉・特爾多雷克已經站在台上。

黑兔看著星空，慌忙確認時間。

「不……不好了！莎拉大人和白夜叉大人吩咐要由我來負責主持開幕式！」

「嗯？白夜叉也要來嗎？」

「ＹＥＳ！她臨時決定要出席……總……總之，十六夜先生請負責保護那些小惡魔！」

「知道了～」十六夜揮著手表示承諾。

黑兔倒豎著兔耳，極為匆忙地奔向開幕式的會場。

——「Underwood 大樹」會談室，深綠廳。

波羅羅把羊皮紙的內容來回看了三次。即使和他過去見聞得來的知識相對照，上面寫的推定總採掘量依舊是非比尋常的規模。

（「星之恩惠」……以「乙太結晶體」和「神造貴金屬」為代表的最上級礦物。聽說就算是神佑之地或被指定為一等的靈地，也不確定數百年能否產出一次，是只有極少數的稀有金屬……！）

仁・拉塞爾提出的「星之恩惠」——「金剛鐵」是在其中擁有最高硬度的物質，而且真正讓人驚異的特性並不只有硬度。

「金剛鐵」還具備了能輕易和其他「恩賜」融合，並且依然保持著最高硬度的特性。

如果要實際舉例，以前「No Name」對峙過的「Perseus」所擁有的裝備，就是以這個「金剛鐵」來製作出的物品之一。

看到波羅羅一臉慘白，擔心的嘉洛洛同樣冒著冷汗發問：

「可……可是波羅羅，光憑這文件就相信是不是太操之過急了……？」

「嘉洛洛姊姊……的確，光看這些平面圖和文件欠缺可信度……然而近年不是傳出了一個消息，說『Perseus』把那些等同於共同體象徵的裝備拿來製造出大量複製品嗎？當時外界似乎認為不可能有那種量產方法……可是如果推測背景有這個礦山，我反而可以信服……！」

——受到死亡之國庇佑的隱形頭盔。

——獲得赫爾墨斯神祝福的飛行護腿。

坊間傳聞，讓「Perseus」升級為「Thousand Eyes」幹部的契機，就是因為他們在二十年前成功量產出這兩個恩賜的複製品。

雖然封印星靈的武器「鐮形劍(harpe)」也是「金剛鐵」製，不過這個大概是因為某種原因而無法量產吧。

波羅羅感覺到彷彿足以讓背脊結凍的寒意。

這座礦山具備了能夠重現各式神話裝備的可能性。

「要是『No Name』以原本的規模繼續經營，最大的交易對象肯定是『Thousand Eyes』。而且一定也是經由這條路徑流通到組織內……！」

畢竟追根究底來說，所謂「獲得神佛加持之裝備的複製品」本身就已經過於誇張。

這種如有神助的製造法不可能在沒有任何隱情或任何機關的情況下憑空出現。因為雖然只是複製品，但其根源卻是以神之奇蹟來創造出的恩賜。

波羅羅放下礦山結構圖和記載採掘量的文件，瞪著仁發問：

「但是最讓人無法理解的不是這部分。我想知道到底是用了什麼手法，才能生產出這麼多的礦物？如果書面上記載的採掘總量為真——這可是足以掩埋『Underwood』而且還會有剩的數量。」

「關於這一點，我沒有義務說明。」

仁毫不猶豫地回答，這包含著徹底拒絕的語氣讓波羅羅也閉上了嘴。現在彼此的立場已經逆轉了。

到此為止的交涉都以「No Name 要付出何種犧牲和代價」為焦點。

然而現在的焦點已經轉變成「六傷要在經濟面上提供什麼樣的支援」。

這座礦山的權利就是如此地具備魅力。如果閉眼放過這個機會，造成的影響可不僅止於「No Name」和「六傷」之間的問題。

這正是能讓東區和南區間的勢力均衡瞬間瓦解的大金山。

（以武力介入對魔王的遊戲……把這要求歸零，表明彼此處於對等的立場……不，不行！要是我先讓步，將會造成今後的上下關係就此定案……！）

不用說，最後這要求應該還是會取消吧。

然而這件事無論如何都必須以「由『No Name』主動提案」的形式發生。要是由波羅羅這邊先舉出讓步的提案，仁大概就會帶著那個不可靠的笑容如此回問：

──「那麼，你們願意出資多少呢？」

如果沒有留下能夠反擊這問題的棋子，在今後的同盟中，六傷將一直被對方頤指氣使。即使有能夠獲得龐大利益的這個前提，無論如何波羅羅還是必須盡一切努力避免主導權被對方奪走。

「……原來如此。這下我很明白需要我們借出兩百人左右勞動力的理由了。不過光是這樣我方未免有些占了便宜，如果你們願意，我方可以協助把『金剛鐵』送入市場上販賣……」

「這點請不必擔心，我方希望『六傷』提供的只有勞動力就夠了。」

「嗚……不，仁．拉塞爾，你這發言顯示你不明白礦石的原價。不管是金、銀還是寶石，直接把實物送上市場只會被低價收購，因為要進行所謂的交易時，信用和實際成績都不可或缺。我們擁有能夠確實提昇利益的流通管道。甚至也可以找身為新任『階層支配者』的『龍角鷲獅子』聯盟申請契約……」

「不，我並不打算直接讓礦石在市面上流通……啊，真是抱歉，這點應該要先說明才對呢。」

仁這樣說完，從包包中拿出一封信。

一看到封蠟上蓋著的標誌，波羅羅的表情就僵住了。

「這……這是『Will o' wisp』的旗幟……！」

「是的，我方已經和他們互換同盟盟約。他們是在下層擁有數一數二冶煉技術的共同體，你有看過在『火龍誕生祭』上展示的白銀燭台組嗎？」

「不……沒有……不過有聽說他們獲得了最優秀獎。」

「是的，那的確是非常了不起的成果。看上這份技術，我方想委託他們煉製『金剛鐵』，加工成裝備後再拿去市場上販賣。畢竟在北區，『Will o' wisp』現在甚至已經成了一個著名的品牌。」

那還用你說！波羅羅在內心憤憤抱怨。

波羅羅也已經聽說，那位以最年輕的「階層支配者」身分成為眾人話題的珊朵拉．特爾多雷克對「Will o' wisp」讚不絕口，還向他們訂購了整套的生活諸般用品。

「由期待的新星『Will o' wisp』製造的裝備！」光是這樣宣傳，想必就會有大量訂單湧入。而這個品牌價值——雖然不甘心，但應該在「六傷」之上吧。

「…………」

就算波羅羅現在提出要提供經濟支援，也無法帶來利益。因為對方從一開始就已經把所有財產——同志的性命拿來交涉。

正因為如此，波羅羅之前才會表示「無償回應所有金錢方面的支援」。要是在這邊他講出「我們會提供經濟支援，所以把利益的幾%拿來」這種話，就等於是在輕視賭命作戰的對方同志，交涉也會決裂。

這個少年並沒有天真到會去贊同一個對同志生命標上低價的同盟吧。

波羅羅苦思之後足足沉默了三分鐘——才像是放棄般地吐了口長氣。

「……啊～！可惡！是我輸了！仁．拉塞爾！我會全面接受你那邊的要求，所以讓我也參一腳吧混帳！」

「波……波羅羅……！」

「抱歉，嘉洛洛姊姊。對方不但手中的牌太強，而且局面掌控也很高明。我實在想不出對策……至少如果有掌握到『金剛鐵』的情報，我也會從一開始就漫天要價。再這樣下去，只會被對方把好處占盡然後一切結束。」

波羅羅砰地把整個身子都靠到椅背上，仁也先稍微放鬆肩膀才開口回應：

「雖然你那樣說，不過知道這情報的只有我和親信成員兩個人，甚至連後面這兩位也沒有告知……所以老實說，視線刺得我很痛。」

仁心驚膽跳地回頭，只見後方的兩名女僕正半張著嘴旁觀情勢發展。她們恐怕沒有想像到仁居然——不，是自己所屬的共同體居然藏著這種財產。珮絲特扭著嘴角勉強擠出笑容。

「……難怪那個怪胎男會全面交給你，甚至連彼此爭權的情勢都沒形成。在成功隱匿情報的那一瞬間，仁的勝利已成定局。」

「嗯。不過無論怎麼說，都非常精彩呢，首領大人。」

白雪姬像是放下肩上重擔般地鬆了口氣。
聽到兩人的發言，仁也安心般地露出苦笑。
波羅羅把身體往前傾，以帶著緊張的語氣發問：
「……告訴我一件事，你為什麼沒有把焦點放在巨龍之戰上？」
「這話的意思是？」
「別裝蒜了。只要是『龍角鷲獅子』聯盟的同志，沒有人不知道你們『No Name』打倒了巨龍。我之前還一直認為，你會把這份功績拿來當成交涉的主軸呢。」
──「因為我們拯救你們免於被魔王毀滅，所以締結對我方有利的同盟吧」。
波羅羅警戒的只有這句話而已。
的確，拯救聯盟免遭魔王毒手的事情是全共同體都該表達感謝並大肆讚揚的行為。然而要是拿這個逞威事後還一直來追討人情，那可讓人無法忍受。
話雖如此，要是隨便對應，也有可能被對方貶低為不知恩義者並四處宣揚。
在專任戰鬥的共同體拯救了商業共同體的例子中，大多數都會陷入這種關係。
「可是你卻沒打算那樣做……為什麼？是因為自尊心不允許你做那種事嗎？」
波羅羅這個問題並別無他意，也不是因為對仁的戰略感到不快。
純粹是因為對方沒有打出自己警戒的牌而感到很不可思議。
察覺到這一點的仁雙手抱胸，反過來提問：

「呃……我可以直接叫你波羅羅嗎？」

「嗯？好啊，可以。反正我也都直接叫你名字。」

「嗯。波羅羅你應該已經對以恩情來要脅的手法有所警戒，而且也準備了反擊的對策吧？」

「那還用說。我準備了四十八種對策——雖然這是誇飾啦，不過確實有幾個可以反擊的方案。這有什麼問題嗎？」

或許是覺得被瞧不起，波羅羅訝異地皺起眉頭。

然而仁反而開朗地笑了。

「——正是因為這樣啊。既然早就明白會遭到反擊，那麼這一招又有何意義呢？所以從一開始，『要在不依賴恩情的情況下贏過你』就是我在這次交涉中必須遵守的規則。」

這次波羅羅忍不住瞪大眼睛猛眨眼。

接著他像是爆發般地大笑了起來，還連連拍打著自己的膝蓋。

「哈哈！原來如此呀！換句話說，你已經推測出我會準備好十全的對策。」

「不對，是我相信你一定有準備。我認為既然是接下來要組成同盟的對手，肯定擁有這種程度的能力。」

「萬一沒有反而傷腦筋呢。」仁又補充了一句。

仁的這番主張讓波羅羅笑得更是開心。

「好～！我明白了。既然承蒙如此評價，要是退縮將會傷害到『六傷』的名譽！我會提供全面的協助。只是關於投資和派遣在看過現場之前一切難講，而且也必須先計算收益和估價。由於大會開幕式差不多要開始了，今天我想以彼此都同意結盟的結論來結束這次會談，可以嗎，仁？」

「我知道了。請多指教，波羅羅。」

年幼的領導者們握住彼此的手。接著波羅羅起身，站在原地伸了個懶腰。

「好！今天是同盟的紀念日，如果你們有空的話，由我在收穫祭上作東請個客吧？我想後面的兩人應該也餓了，尤其是矮的那個看起來似乎正在處於發育期。」

波羅羅雖然語帶調侃，但珮絲特只是悠然地當作沒聽到。

「啊，對了。晚點有空時也幫我介紹一下『Will o' wisp』吧。」

「是可以，要商談？」

「不，是我個人要道謝。因為老爸好像麻煩到傑克——」

這時，發言唐突地斷了。

波羅羅像是在反芻自己發言般地細細斟酌，還換上了嚴肅的表情。

回頭面對仁的他繼續維持著這種態度，接著也看了看兩名女僕。

「——可惡！難怪我會輸，因為太專心在交涉上，我居然疏忽了最重要的事情。」

「咦？」

這語氣似乎並不是在對任何人說話，而像是在訓誡自己。

波羅羅直直凝視著「No Name」的眾成員。

「──仁．拉塞爾，以及兩位同行的僕人。非常感謝各位這次從魔王手中拯救『六傷』的同志，只要『六傷』存續的一天，就絕對不會忘記這份恩情。」

他以不像是少年的真摯眼神表達謝意。

「……抱歉，是我昏頭了。身為新首領，該做的第一個動作明明是道謝才對。」

「這種事情不要緊啦。不過，如果你無論如何都想道謝，我希望你可以去感謝他們……感謝我的同志們。」

「知道了，我一定會去道謝……順便問一下，你的同志果然很強嗎？」

這問題一方面是基於興趣，也起因於少年特有的對強者的憧憬。

仁也以抓緊好機會的態度抬頭挺胸回答：

「當然！他們是我們『No Name』的驕傲，在東區也是數一數二的參賽者。」

「哦哦……！那麼，他們和我的師父哪邊比較強呢？」

「師父？波羅羅有師父？」

「嗯。聽說是因為去修行所以沒趕上收穫祭──哼哼～我師父的名字你應該至少也有聽說過才對，畢竟他就是那個大名鼎鼎的蛟……」

這時，有人喘著氣撞破大門。

把門撞開的虎耳少女抹去額頭上滴下的汗水，環視深綠廳的內部。

「抱……抱歉打擾了！請問仁．拉塞爾大人是否在這裡呢？」

「咦？啊……呃……我就是仁．拉塞爾。」

「那麼請您儘快前往廣場！我們無法制止他們！請身為首領的仁大人前去阻止！」

……該不會……仁的臉色發白。

連白雪姬也因為產生不妙的預感而往後退。

只有珮絲特心中閃過有趣的預感，露出看好戲的笑容。

「那……那個……廣場上究竟發生什麼事呢……？」

仁以戰戰兢兢的語氣發問。

傳令的虎耳少女用力吸了口氣。

「在收穫祭中，『No Name』的成員和『二翼』之長，駿鷹的格里菲斯大人似乎發生了什麼爭執──兩者現在一觸即發！再這樣下去，雙方共同體說不定無法避免衝突──！」

第四章

——「Underwood」收穫祭，最下層的廣場。

在大會開幕式開始的稍早之前。

夕陽已經完全西下，夜幕覆蓋了大樹的地下都市。

大樹居民們的興致更是高漲，燃起篝火照亮都市，就像是在表示宴會接下來才要開始。這並不只是因為獸人們具備夜行性的習性。

最大的理由應該是因為現在是把前夜祭中收集到的肉和果實拿來招待大家的時刻吧。

烤出香氣四溢的肉類，咬下香甜多汁的果實，舉起自家酒窖釀造出來的美酒乾杯。即使說這瞬間正是收穫祭的精華，也不算言過其實。

參加者們跨越共同體間的藩籬，在木雕酒杯裡倒入萊姆酒，彼此相互唱和。

春日部耀扛著兩人飛翔，同時滿心不甘地凝視著下方的盛況。

「那……那個，飛鳥。自助餐會也已經開始了……差不多該放棄了吧？妳聞聞看，下面傳來似乎很好吃的烤玉米香味……」

「那種東西晚一點也吃得到！現在要先去找出那些孩子！」

「沒錯！要是那些孩子不見了，就無法達成白夜叉大人吩咐的找人工作……總……總之快找吧！」

臉色一下發白一下漲紅的飛鳥和女性店員嘰嘰喳喳地吵鬧著。

可是就算她們想找，從上空怎麼可能找得到那麼小的精靈。

這情況下唯一的指望就是耀的嗅覺，不過……

（……肚子餓了。）

她的腹部傳出咕嚕聲。雖然快要輸給誘惑，耀仍舊很老實地聽話繼續尋找。

下方開幕式正在按部就班進行，宴會也進入了高潮吧。

對於在「No Name」眾成員中比任何人都期待自助餐會的耀來說，這簡直成了輕度的拷問。

人際往來的困難和束縛讓她垂頭喪氣，不過這時她卻突然聞到令人在意的味道。

（這個味道……是十六夜？）

耀把視線轉往味道傳來的方向，可以看到拿著麻袋的十六夜和莉莉正在開心進食。

「——飛鳥。」

「什麼？找到了？」

「我不找了，要下去。」

……咦？在飛鳥和女性店員兩人都冒出問號的同時——三人唐突地開始下降。

＊

——「Underwood」食料放置場，第十三桌。

「嗯，拿這麼多應該沒問題了吧。」

十六夜作出了兩個體積跟人一樣大的麻袋——更正，是肉袋。

獅鷲獸喜歡生肉嗎？還是喜歡烹煮過後的食物？由於不清楚對方的喜好，十六夜不管拿到什麼都塞進袋子，結果就形成了如此龐大的數量。

他正打算扛起兩個肉袋，就聽到後方傳來莉莉的叫聲，原來她正精神飽滿地跑向這邊。

「十六夜大人～！」

「嗯？怎麼了，莉莉。幫忙已經結束了嗎？」

「是！而且還拿到了零用錢！」

「是嗎，能達成目標金額嗎？」

「是！這樣一來完全沒問題！」

莉莉「唰！」地豎起狐耳。接著她把裝在小盤子上的餐點交給十六夜，抬頭望向開幕式的會場，眼中也散發出光彩。

「其實……聽說連白夜叉大人也會來參加這場收穫祭。」

「嗯，好像是。」
「是的！而且好像還會授予強大的恩賜，作為舉辦收穫祭的賀禮——」
在莉莉把話說完之前，廣場上的篝火就一口氣熄滅了。
這是為了照亮舞台周圍的安排吧？知道收穫祭終於即將開始，原本吵鬧的參加者們也逐漸安靜下來。
舞台兩側的篝火一點起，從旁邊走上舞台的黑兔就意氣揚揚地高舉起右手，率先為收穫祭開場。
「不好意思讓各位久等了！『Underwood』的收穫祭即將開始！司儀將由『Thousand Eyes』專屬裁判，大家都很熟悉的黑兔來擔任♪」
大樹的地下都市傳出震耳的歡呼聲。
這時四隻精靈突然一起從肉袋中衝出，就像是正在等待這個時機。
「喔？」
「呀……！」
莉莉被爆炸的肉袋嚇得摔倒。
周圍的人們也一樣發出驚叫聲紛紛避難。
甩著洋紅色連身裙飛翔的小惡魔們尖叫著排成一列，各自說了一句話。
「笨蛋混帳～！」

「白痴混帳～！」

「章魚混帳～！」

「烏賊混帳～！」

她們爭先恐後地口出惡言之後，就吱吱喳喳地朝著大樹頂端飛去。面對一連串騷動的十六夜和莉莉看傻了眼——

然而短短數十秒後，兩人就見識到更白痴的光景。

*

黑兔在舞台上呼喚主辦者和主要嘉賓入場。

「那麼，『Underwood』收穫祭主辦者代表的莎拉．特爾多雷克大人！以及本次的主要來賓『Thousand Eyes』的白夜叉大人！請兩位登台發表開幕演講！」

這句話一說完，舞台上的篝火燒得更旺。

從舞台側邊現身的莎拉不再是平常的輕裝打扮，而是穿上了以地域特有的染色技術來彩飾而成的服裝，一頭長髮則編成麻花辮，並以髮夾及各式飾品來裝飾，可說是一身盛裝。應該是為了掩飾龍角斷掉傷痕的特意安排吧。膚色古銅且擁有健康美的莎拉一穿上正式服裝，就更襯托出一種和平常印象不同的美麗。

來到舞台上的她以凜然眼神環視整個地下都市，並對眾人露出溫柔的微笑。

（……咦？奇怪，白夜叉大人呢？）

按照原本預定，白夜叉應該要和莎拉一起入場。黑兔雖然因為突發狀況所以一瞬間有點焦急，但無論如何控管儀式進行都是她的責任。

一看到大樹頂端燃著燦爛的燈火，黑兔立刻明白順序已經改變。

（原來如此！那麼必須讓大家都注意那邊……！）

黑兔踩著輕快腳步在舞台側邊轉了一圈，接著呼籲參加者們抬頭仰望上方。

「那麼各位！請注意大樹頂端！」

參加者們紛紛抬頭往上看，會場也安靜了下來。

耳邊聽到的只有被晚風吹動的大樹樹葉彼此摩擦的聲響。

參加者、主辦者們全都靜靜等待著宣布開幕的嚴肅發言。

眾人仰頭數秒之後，大樹頂端閃過一道燦爛耀眼的白銀光線。這一瞬間——

黑兔腦中也閃過了極為不妙的預感。

「——天在呼喚！

地在呼喚！

人也在呼喚！

人總說應該要更安分一點！」

正是那樣沒錯！

然而黑兔的心聲卻被隨便無視了。隨著這番宣言，聲音的主人從大樹頂端往下降。這個神聖的傻瓜一邊飛翔，沿途還散發出燦爛燐光。

職掌永不落下的純白太陽，將地平與星空的境界抹去之人。

東區引以為傲的最強問題兒童──「白夜魔王」，白夜叉降臨。

「大樹之子們！你們在轉瞬間就會過去的短暫十年中能夠達成復興，的確非常傑出！」

白夜叉優雅地揮動和服袖子，降落到舞台上。

她唰地張開畫著漆黑雙女神的白色扇子，以和剛才行徑天差地別，具備莊嚴存在感的聲調如此說道。

接著白夜叉拿出兩張旗幟，高高舉起。

「還有支持『Underwood』，一起奮戰至今的『龍角鷲獅子』聯盟的各位同志！今晚就來頌揚你們的榮譽和功績吧！而且，本次也會將固定頒授給南區『階層支配者』的這個恩惠──擁有兩千年靈格的『鷲龍之角』授予給你們！」

「喔喔喔喔喔喔喔喔喔喔喔喔喔喔！」如雷的歡呼聲震撼了地下都市。

「鷲龍之角」是德拉科．格萊夫把獲頒的靈格直接捐獻給後代的恩惠。對於聯盟成員來說，這是等於至寶的物品。

這個歡呼聲帶來的衝擊響遍周遭，不但撼動了斷崖，連大樹的枝椏也隨之劇烈搖晃。

「此外，授予儀式預定將在收穫祭最後一天舉行，在此之前大家可以盡情享受這場祭典──我要說的話到此結束。」

白夜叉走下舞台，舉起右手示意莎拉向前。

以領悟一切的態度登上舞台的莎拉換上了宛如母親般的溫柔眼神，望向都市的每一個角落。

「──在宴會正酣的時候講這些真是讓人過意不去，發表長篇大論讓祭典一直中斷也是極為不識趣的舉動……不過，只有今天這瞬間，希望各位能給我一點時間。」

莎拉一開口說話，現場立刻安靜下來，彷彿先前的歡呼聲只是幻覺。

她先瞇起眼睛抬頭望向正威風飄展的大樹旗幟……胸中產生一個使命劃下句點的感覺，才開口說道：

「三年前……我想大家都知道這件事，我捨棄了繼承人之位，隻身從故鄉出奔。背棄了繼承家族領導人的使命，也逃離了這份責任。後來，是這個『Underwood』和『龍角鷲獅子』聯盟接納了這樣的我。」

「…………」

「無論在哪個世界，背叛家族領導人的行為都無法獲得原諒。然而前代首領和同志們卻願意信賴我，還推薦我成為『一角』首領，真不知道該用何種話語才能表達我的謝意。為了想要報答這份信賴，我一直不顧一切地努力至今……不過直到現在這個瞬間，我依然無法確定自己是否有成功回應了眾人的期待。」

莎拉很難得地露出了似乎有些困擾的笑容。然而就連這帶著羞澀的笑容，現在也因為滿足感而彷彿散發著光輝。

十六夜從廣場抬頭望著莎拉，發現她和自己三人的立場其實很相似。

──「捨棄家族、友人、財產，以及世界的一切，前來箱庭」。

捨棄兩百年的人生、捨棄故鄉，不顧一切出奔的她……或許心中早已立下和自己等人同等，甚至更堅定的決心才會真的那樣做。

莎拉把旗幟威風飄展的模樣深深印入腦海中，平靜地為自己的發言收尾。

「希望各位在這場收穫祭中帶回去的印象，並不是只有『龍角鷲獅子』聯盟的就任。也希望克服種種苦難後再興的『Underwood』眾人也能廣泛地在大家心中留下記憶……我要說的話到此為止，請繼續享受收穫祭。」

莎拉在舞台上行了一禮，如雷的喝采就籠罩了整個地下都市。

在這個響徹雲霄的讚頌聲中──黑兔含著淚水抬頭仰望兩面旗幟。

（總有一天，「No Name」一定也會……取回自己的旗幟……！）

她用力握拳，然後為莎拉鼓掌。

即使在莎拉離開舞台之後，讚頌和喝采聲也依然沒有停止。

＊

「……原來如此，這的確是強敵。」

十六夜毫不吝惜地模仿眾人加入了震耳喝采的行列。聽說「Underwood」之所以能急速復興，有不少部分都該歸功於莎拉帶來的技術和知識。

那麼「No Name」該訂下的第一個目標，應該就是他們的偉大功績吧。

「不過也罷，現在把肉送去給格利才是首要之務。莉莉妳呢？」

「我要召集年長組的大家，聽說『六傷』的招牌料理差不多要烤好了。」

「噢，就是那個用『切斷！燒烤！啃咬！』三步驟來吃的玩意嗎？」

「是的，根據蕾蒂西亞大人所說，那似乎是『為了把烤肉吞下肚的肉類料理』，所以我一直很想吃吃看。」

「是嗎，那我和妳就在這邊——」

「我也要去吃那個——！」

——咚！以東西落地的衝擊聲來說，這聲響相當輕微。

接下來十六夜的背後傳來熟悉的說話聲。和旋風一起降落的耀無視十六夜直接邁著大步往前走，一瞬間就縮短和莉莉之間的距離，還伸手摟住她的肩膀。

「我也要去吃那個，在哪裡？」

「咦……啊？呃……那個……我想是在上一層的斷……」

「好！走吧在飛鳥她們清醒過來之前走吧立刻走吧Let's 吃到飽！」

莉莉抖著狐耳不知所措，她被耀魄力滿分的態度嚇呆了。

耀扛起發出呀嗚慘叫的莉莉，刮起旋風瀟灑地離開。

……到此為止簡直就像是一陣風暴。十六夜本來楞楞旁觀著一連串發展，但他立刻注意到被丟在身邊的飛鳥和女性店員，於是出手幫忙。

「……妳在做什麼啊，大小姐？」

「……和十六夜同學你無關。」

飛鳥鬧彆扭般地這麼回應，握住十六夜的手站了起來。

女性店員也邊拍打著灰塵邊起身，以剛才彷彿什麼事都沒發生的表情發問：

「話說那邊的你，我想問個另外的事……」

「喂，和服下襬掀了起來，妳下面都被看光了喔。」

「你有沒有看到拳頭大小的精靈——咦？真的嗎！」

「假的。」

唰！女性店員拿起薙刀用力一揮，十六夜則以空手接白刃的技巧接下。

從這不自然的大小來判斷，應該是從恩賜卡裡取出的薙刀吧。看到女性店員能在幾乎毫無延遲的情況下揮刀砍人，十六夜佩服地說道：

「嗯？原來妳不是普通的店員啊。」

「店員當然必須具備武術的素養，因為斬殺你這種不知羞恥之徒也等於是店員的義務……！」

兩人僵持不下。

這時飛鳥也嘆著氣說明：

「其實……真的被看光了。」

「真的嗎！」

「假的。」

唰！女性店員放開薙刀施展手刀。

「你……你們這個共同體的成員都是些笨蛋嗎！」

「『我不否認。』」

「這種情況就算是說謊也該否認！」

「嗚嘎～！」女性店員面紅耳赤地發怒。

沒想到她是個戲弄起來很有趣的人呢～飛鳥和十六夜產生了這種共識。

*

「六傷」主辦，吃到飽會場。

嚼嚼！

不知何時，這個聲音和光景已成為觀眾的注目焦點。

耀進食的氣勢具備強烈壓倒性，甚至足以讓在場的所有人都閉上嘴。

連「切斷！燒烤！啃咬！」這三個步驟都被跳過，只靠著「吃下！」這種氣魄，就讓食物在轉瞬之間被吸入口內。

為了避免誤解這裡要追加說明，她用餐的動作絕不粗魯。

反而使用刀叉的禮儀非常正確，也從來不曾做出把拿起盤子把食物掃進口中的行為。

明明這樣——卻是一個不注意，就會發現食物已經從盤中消失。

這個異樣的光景，讓身經百戰的廚師們都不得不感到驚駭。

「太……太誇張了！那麼小的嘴巴怎麼可能以這種速度一直吃下去……！」

「該不會她的口中有收納食物那類系統的恩賜？」

「不！她並不是靠那種無聊的把戲！這個女孩純粹只是——咀嚼和吞嚥的速度很快！」

怎麼可能……廚師們全都啞口無言。

觀眾們也同樣倒吸了一口氣。

在這段期間內，耀依然繼續把食物吞下肚。

「原來她是一個速度快到甚至無法看清的……高速大胃王……！」

「哼哼！這不是很有趣嗎！」

「沒錯！是一位讓人回想起十年前英雄的戰士！喂！你們這些傢伙！從糧食庫裡把所有材料統統拿來！既然這樣，只能全面開戰了啊啊啊啊啊啊！」

「喔喔！」廚師們發出怒吼，處理完一份又一份的食材。

勉強聽到這段發言的耀——停止了慢慢進食的行為。

她收起顧慮，讓速度更為增加。

更快、更快、再更快，要比鍋子冒火的速度更快，比熱度傳達的速度更快，比刀刃切開肉的速度更快，她專心一意地不斷加速——！

＊

「…………………………………………………………………………呃……」

只有莉莉一個人。

依然無法跟上會場的熱度和情景，只是楞楞地呆站著。

如果這時開口吐嘈，會場的氣氛一定會冷掉。那樣一來耀和廚師們就成了完全的怪人。

因此莉莉觀察會場的氣氛之後——選擇隨波逐流。

「呃……耀小姐！請加油！」

「沒錯！小姑娘加油啊！」

「你們這些廚師真遜啊！只剩下兩盤了！」

「嗚喔喔喔喔喔喔！怎麼能輸啊啊啊啊啊啊！」

嘩～哇～！吃到飽的會場中展現出異樣的熱鬧氣氛。

莉莉決定放棄「六傷」的招牌料理，為了召集年長組而背對耀準備離開。

這時從氣氛熱烈的觀眾中，突然傳出冷冷的聲音。

「……哼，這場愚蠢的騷動是怎樣？只是『無名』的垃圾像個餓死鬼地大吃而已吧？」

「——咦？」莉莉停下腳步。

而且聲音不只一個。

「那傢伙就是那些人啊，因為打倒巨龍所以大受歡迎的猴子之一。」

「噢，就是那個小子的共同體嗎……原來如此，看這貧弱的外表，感覺平常就只能找些剩飯來吃，大概連吃飽都有困難吧。」
「既然只是『無名』，一切只是暫時的榮光。等到收穫祭結束時，大家都會忘記這些傢伙的事情。」
「沒錯，過幾天後又要重新回到那種吃著垃圾剩飯的生活。」
「是啊，畢竟垃圾就只是垃圾。無論累積多少功績，也不可能有任何榮光照耀在『無名』的旗幟之上——」
「——才沒有那種事！」
莉莉的叫聲讓觀眾的目光一口氣聚集到她身上。
污辱「No Name」的男子大概屬於有翼人之類的種族吧？在人類的身軀上長著形似鷲翼的翅膀，擁有雖然偏瘦但看起來經過充分鍛鍊的體格，類似鬃毛的頭髮，還有著彷彿猛禽類的眼神。這個看起來很兇暴的男子以銳利視線瞪著莉莉。
「……這狐狸小丫頭想幹嘛？」
「我是『No Name』的同志！你的侮辱發言我聽得一清二楚！我要求你立刻訂正謝罪！」
滿臉通紅的莉莉「唰！」地豎直狐耳表示憤怒。
男子的跟班們像是弄清狀況般地笑了起來，往前踏了一步。
「原來如此，我很明白妳的身分了……不過，妳知道這位大人是誰嗎？這一位可是『二翼』之長，幻獸『駿鷹』的格里菲斯大人！」

聽到跟班們的發言，換成莉莉顯得相當狼狽。

「駿……駿鷹……？可是，駿鷹是擁有獅鷲獸和馬外型的幻獸……」

「妳是白痴嗎？人化之術根本沒啥好稀罕吧？我只是配合占多數的獸人們變化而已……比起這事，妳打算怎麼賠償剛才輕率發言欠下的債？」

「沒……沒什麼打算！要求謝罪的是我方！」

「哼！妳也識相點！格里菲斯大人將成為『龍角鷲獅子』聯盟的下一任領導人，也就是南區的『階層支配者』。怎麼可能對對區區『無名』低頭呢！」

「等一下，這話是什麼意思？」

觀眾的視線全都一起移動。

對跟班發言產生強烈反應的人不是莉莉，而是待在會場中心的春日部耀。她停下進食的動作，以詫異的眼神瞪著格里菲斯。

格里菲斯把如同鬃毛的頭髮往上撥，露出兇猛的笑容。

「什麼啊，妳們沒聽那女人講過嗎？由於龍角斷了，所以那女人的靈格縮小，今後也無法順利運用力量。她原本就是因為實力獲得肯定才被推薦成議長，既然失去實力，退位也是合理的行為吧？」

「……這些……是真的？」

「我才不會說什麼狡猾的謊話，要不妳也可以去問本人。去問問那個失去身為龍種的驕傲，還親手毀了光榮未來的愚蠢女人。」

格里菲斯抖著喉嚨笑著，跟班們也發出更沒水準的噁心嘲笑聲。聽到他們所講的事實之後，觀眾們的動搖也逐漸擴散，形成小規模的騷動。

在這種情況下，耀一言不發地站了起來，逐漸靠近那群人。

逼近到鼻尖幾乎相碰的距離後，耀以平常的語氣淡淡開口：

「……訂正。」

「什麼？」

「莎拉才不是什麼『愚蠢女人』。她折斷龍角是為了保護『Underwood』……也是為了保護我的朋友。」

耀淡淡地要求謝罪，聲調甚至比平常更缺乏抑揚頓挫。

跟班們以鼻子哼氣嘲笑她的行為，並介入了格里菲斯和耀之間。

「喂，小丫頭，妳也識相點……」

「快後退——」這句話並沒有在現場說完。

跟班把這句話講完的地點是——距離地下都市兩百公尺以上的高空。

「…………咦……？」

跟班「噗！」一地口吐鮮血並開始往下掉落。由於事情在一瞬間發生，因此男子在不明白出了什麼事的狀況下受重力牽引往下墜，在空中難看掙扎後摔進了蓄水池中。

另一方面，在地面上的所有人都因為目睹耀展現出的絕技而說不出話。

——若是換算成時間，甚至比一剎那更短。

讓「生命目錄」變化的耀——穿上了以「光翼馬(Pegasus)」為原型的腳部護具，使出含有光粒子的璀璨旋風攻擊對方的腹部，並把他打飛了出去。

「閃……閃爍著光輝的旋風……難道是獅鷲獸和光翼馬的恩賜嗎……！」

另一名跟班彷彿洩了氣般，一臉蒼白地往後退。

——擁有羽翼的幻獸們通常各自利用不同的恩惠飛翔。有一些是像獅鷲獸那樣刮起旋風，也有利用重量變化來飛翔的幻獸。

而「光翼馬」在其中算是較為特異的種族，牠們是製造出如同陽光般閃亮的能量來作為推進力並藉此在空中翱翔。所以並不是靠旋風飛翔，而是製造出類似力場的空間，據說還能夠在空中停止。「光翼馬」這種發光推進能量的本質，其實具備和「念力」相近的性質。

「耀小姐……好厲害……！」

莉莉第一次親眼見識到耀戰鬥的樣子，不由得因為這壓倒性的力量而屏住呼吸。

耀依然以毫無感情的眼神望著格里菲斯。

「我只再說一次——給我訂正。」

就像在表示這已經是最後通牒，她讓璀璨旋風在手掌上聚集壓縮。

這缺乏起伏的聲調，反而是耀發怒的表現。

原本她是個不會真正動怒的少女。不在意別人的背後閒話，以自由奔放的態度生活才符合春日部耀的風格。然而格里菲斯卻狠狠踩中了耀的地雷，讓她認真燃起怒火。

「……哼。」

被壓縮的閃光和風暴形成漩渦。

面對這些，格里菲斯臉上卻依然掛著從容的笑意。

「話說回來，還有另外一隻——做出蠢事而自毀榮耀的傢伙。」

「…………？」

「對於擁有翅膀的幻獸來說，翅膀就是身為天空支配者的象徵，鳥中之王的鷲翼自然更是意義非凡——那傢伙現在過得如何啊？那個為了幫助『無名』的猴子而失去了獅鷲獸的羽翼……成了愚蠢平庸模樣的蠢弟弟！」

耀愣住了，她恐怕沒有料想到那個高潔的格利居然會有這樣的哥哥。逮住這個破綻的格里菲斯拉開兩人之間的距離，解除人化之術，外型也劇烈轉變。

變回擁有鷲的上半身和馬的下半身的幻獸，駿鷹。然而牠的模樣——

「這個只不過是假貨的小ㄚ頭！就讓妳徹底搞清楚吧！我格里菲斯．格萊夫正是第三幻想種——擁有『獅鷲獸』和『龍馬』的力量，最高血統的混血幻獸！」

閃電和旋風隨著怒吼聲向瘋狂肆虐著。

耀也擺出備戰態勢。

察覺彼此都不會退讓的觀眾們發出慘叫開始逃離現場，爭先恐後地如鳥獸散。

只有莉莉獨自以當事者的身分，在一旁屏息觀察情勢發展。

（對不起，耀大人……都是因為我講了那種沒有經過仔細思考的發言……！）

既然已經鬧成如此規模的騷動，應該會受到某種懲罰吧。

要是到時自己沒有留在現場，耀就會背上更多的罪名。所以莉莉並沒有逃走，而是堅持留在原地。

閃光、暴風以及失控的閃電向四面迸散，甚至連斷崖都出現龜裂。

「……要打了……！」

雙方都測量著距離，試圖掌握必殺的瞬間。

在兩人都來到只跳一步就會彼此衝突的位置，並做好心理準備即將面對決戰的瞬間——

「好啦，到此為止。」

——兩人同時敗在第三者的手下。

第五章

——「Underwood」貴賓室，春日部耀的房間。

耀突然睜開眼睛醒了過來。

富含水分的水樹特有空氣刺激著耀的鼻腔，看來這裡是大樹中的房間。她茫然地把頭往旁邊轉，就看到似乎剛注意到她醒來的三毛貓跑向這邊。

「小……小姐！您還好嗎？」

「……三毛貓。」

在巨龍之戰中負傷的三毛貓正在「Underwood」裡療養。肚子上還綁著繃帶的三毛貓跳到耀的身上，驚慌失措地確認她是否平安。

「我嚇了一跳呢小姐！看到妳突然被送進來，而且還沒有意識！聽說是被介入衝突的調停人打了一下……會痛嗎？」

被介入衝突的調停人打了——聽到這句話，耀才總算掌握現狀。

「……我輸了嗎？」

「衝突嗎？衝突好像是以『兩敗俱傷！』這結果來落幕。」

「……？」

三毛貓的發言實在讓人無法掌握重點。耀雖然不解地歪著頭，但還是挺起身體想要下床，這時腹部卻傳來一陣痛楚。

「嗚……？」

這悶痛感讓她有些頭暈。然而耀並非是因為傷勢衝擊而動搖，而是因為訝異。疼痛本身並不嚴重，因此受傷程度應該也很輕微吧。

然而耀卻無法回憶起這個疼痛的原因。

格里菲斯是操縱旋風和閃電來擺出備戰態勢。根據這點，腹部的這陣悶痛感相當奇怪，更何況除此之外別無其他外傷也是件很奇妙的狀況。

「……我……」

到底——是輸給誰呢？

*

——「Underwood」收穫祭總陣營。

在耀和格里菲斯引起的騷動後，十六夜、飛鳥、黑兔還有身為領導者的仁一起前往總陣營。

「二翼」的出席者是身為共同體責任者兼首領的格里菲斯。被耀打了一拳的跟班男似乎受了重傷，現在依然躺在醫護室裡。

雙方的氣氛非常險惡。雖然隔著桌子對峙，但依然展現出一觸即發的氣氛。唯一保持冷靜的仁感覺自己的背後正在狂冒著冷汗。

閱讀過報告書後，莎拉重重嘆了口氣，來回看了看雙方陣營。

「……我明白情況了。這次對雙方都不予追究，但是下次要是再發生問題，就會強制驅離——以上。」

「開什麼玩笑！」

怒吼並用力拍桌的是格里菲斯。

在場所有人的視線都集中到牠身上。

「莎拉議長！這些傢伙可是讓我方同志受到重傷！結果卻不加以處罰，這到底是基於什麼考量！」

「因為你們也有錯。對我的侮辱……算了，這一點我可以閉眼放過……」

「妳怎麼能說這種傻話！這才是最重要的問題吧！」

莎拉的言論讓飛鳥生氣地敲打桌子。

「我可是第一次得知妳要退任的消息！妳是拯救了『Underwood』的有功者，為什麼必須讓出議長的位置！」

「這是聯盟的問題，不能向飛鳥妳透露任何事情。」

「……什麼！」飛鳥只喃喃說了這麼一句就無法繼續多講什麼。

飛鳥沒想到居然會被如此明確拒絕，只能把話吞回肚裡用力咬緊牙關。如果必須讓位的理由是因為莎拉已經失去龍角，那麼即使說這是飛鳥的責任也不為過。

莎拉似乎很歉疚地把視線移開，繼續原本的話題。

「……可是格里菲斯，你對他們的侮辱是過分的名譽毀損。做出這樣的行為，即使對方要求決鬥也是理所當然，難道不是嗎？」

這指責很尖銳，但格里菲斯依然繼續爭辯。

「的確，如果是決鬥形式那麼受重傷也無可奈何，但是那個小ㄚ頭是不分青紅皂白就對我方同志加以危害！明明是過度的暴力行為！」

格里菲斯冒著青筋大發雷霆。然而這份怒氣並不是為了同志，充其量只是為了「自己在公眾面前丟臉」這種自私自利的理由。

莎拉雖然看穿了這一點，不過卻刻意不提及此事，直接站了起來。

格里菲斯還想追究下去，這時阻止他的是另一個人物。

「——我說你啊，也差不多該停手了吧？沒看到小莎拉很為難嗎？」

那個沒有坐下，一直把身體靠在牆上的男子——也就是阻止衝突的當事者，獨眼的蛟劉瞇起只剩下一邊的細長眼睛，對著格里菲斯笑了。

至於聽到他用怪怪關西腔稱呼自己為「小莎拉」的莎拉也似乎很無奈地垂下肩膀。

「蛟劉大人……那個，我都已經兩百歲了還用『小』字好像有點……」

「啊哈哈！妳跟我妹說一樣的話呢，小莎拉！」

蛟劉似乎很愉快地講著不正統的關西腔還露出有點皮笑肉不笑的笑容，看起來實在很可疑。接著他保持笑容把視線朝向格里菲斯。

「總之，如果要把話挑明來講，你的主張的確有道理。根據剛才的敘述，『無名』的小朋友們確實有點過度防衛的傾向。」

「你……你說什麼！」

飛鳥抑制著怒氣提出抗議。沒有立刻站起來破口大罵顯示她比格里菲斯冷靜，但依然表現出無法完全壓抑的怒氣。

「而且話說回來，你是什麼人？這是『No Name』和『二翼』的問題吧？所以才會請『龍角鷲獅子』聯盟的莎拉來仲介。」

飛鳥充滿敵意地說道。

莎拉非常慌張地介入兩人之間。

「等……等一下，飛鳥！這一位是已故德拉科．格萊夫的友人，也是聯盟的顧問！絕對不是可疑的人物！」

「……妳說顧問？我第一次聽說聯盟裡有這種人物。」

格里菲斯訝異地皺起眉毛。聯盟支柱之一的『二翼』首領卻不知道有顧問，這點實在很奇怪。

牠的反應更加深了所有人的懷疑。

臉上依然掛著輕薄笑容的蛟劉似乎有些為難地搔了搔頭，接著從袖子裡取出蒼海色的恩賜卡，展示在眾人眼前。

看到記載於卡上的恩賜名稱，大家的臉色都變了。

蒼海色的恩賜卡上寫著──「覆海大聖」幾個字。

「你……你就是『覆海大聖』蛟魔王……！」

「意思是蛟劉先生是七大妖王之一嗎！」

除了格里菲斯，黑兔也發出了驚叫聲。

蛟劉像是很尷尬地搔搔頭嘆了口氣。

「以前我經常照顧德拉科和嘎羅羅，所以現在把這裡當成暫時棲身之地，算是讓他們回報那時的恩情。」

蛟魔王以完全不帶惡意的笑容咯咯笑著。

然而黑兔的心情卻顧不到這些。

畢竟幾天前她才和白夜叉一起去見過蛟劉的結拜兄妹。

（白夜叉大人來參加「Underwood」收穫祭的理由……該不會這就是這個？）

前幾天見過的「混天大聖」鵬魔王是妖王的第四席。
相較之下，「覆海大聖」蛟魔王則是妖王的第三席。
也就是說——蛟劉的實力和金翅鳥的王族相匹敵，甚至在其之上。
（真令人難以置信……沒想到這種超重量級人物居然默默躲在下層裡。明明以他的實力至少也是五位數的魔王呀。）
雖然黑兔原本就判斷蛟劉頗有實力，但完全沒想到他其實更高一層。
注意到黑兔視線的蛟劉以滿面笑容回應，可是知道他是魔王之後，這笑容實在是可疑到了極點。
「嗚……簡單來說你就是個白吃白喝的傢伙吧！連巨龍之戰都沒有參加，居然還敢大搖大擺地自稱是顧問。你到底憑什麼權限來介入我等的戰鬥？」
「是沒錯啦，巨龍那次我是沒什麼好辯解……不過這次的事情就另當別論。因為就算用上了強硬手段，也有必要在那時就把事情了結。」
「什麼？」格里菲斯齜牙咧嘴地瞪著蛟劉。
蛟劉微微睜大細長的眼睛，以讓人背脊發寒的語氣說道：
「我說啊，年輕人。你認為自己是在對哪裡的哪個人叫陣？」
「……？事到如今還問這種問題做啥？我是對『無名』……」
「白痴，那些孩子不成問題，小莎拉也不是問題。真正嚴重的問題是……你污辱了白夜王的同志。」

面對瞪大的紅色眼睛，格里菲斯把話吞回肚裡一臉蒼白。看到牠就像是被蛇盯上的青蛙般呆站在原地，蛟劉繼續追擊。

「那隻獅鷲獸可是『Thousand Eyes』的成員喔。要是向來注重自家人的白夜王知道同志光榮負傷卻受到侮辱——我看一兩天之內『二翼』就會全滅吧？」

「嗚……！」

「她是白夜的星靈兼最強的『階層支配者』，更恐怖的是，那位大人還擁有十四份太陽主權。要是講得露骨一點——你有辦法對付十四隻巨龍嗎？」

這句話一出口，不只格里菲斯，連在場所有人都感到畏懼。

——之前出現的巨龍是以象徵太陽主權的「蛇夫座」作為召喚的媒介，然而這僅僅是太陽主權的其中一份。

而被稱為太陽主權擁有者的白夜叉手中，就握有過半數的十四份主權。

「……總之呢，我阻止你們的理由是因為這點。可不要和星靈或神佛作對喔。因為一旦與祂們為敵，到最後只會被毀滅，連旗幟都無法留下。哎呀～那種事可比想像中還讓人難受呢，沒騙你們……什麼落日之痛，不應該是在還年輕時就面對的經歷。」

語氣裡帶著自嘲的蛟劉拍了拍格里菲斯的肩膀。

他的聲調裡包含著只有曾和眾多修羅神佛為敵者才能理解的情緒。

格里菲斯雖然回以不滿的眼神……但依舊保持沉默。蛟劉的意見是完全正確的言論，沒有任何反駁的餘地。

格里菲斯咂舌把手伸向門扉，打算離開現場。

這時卻有個無法接受這一切的人從背後出聲叫住了牠。

「……喂，等一下，馬肉。你憑什麼自己隨便做出結論？」

「什麼！」氣得說不出話的格里菲斯回過身子。

這也難怪，至今為止肯定沒有任何人膽敢稱呼身為共同體領導人的牠是「馬肉」。然而十六夜卻大模大樣地緩緩站了起來，以狂妄和憤怒的視線瞪著格里菲斯。

「別想溜走，白夜叉的事情是你的問題，為什麼我們得讓步？」

「十……十六夜先生……」

黑兔也不由得感到有點焦躁。

雖然黑兔也感到憤怒，然而她並不希望流無謂的血。就算「全滅」只是說得誇張了一點，但白夜叉肯定會作出某些報復行為。縱使白夜叉平常總是嘻皮笑臉，也不代表她已經失去利牙。要是知道同志被人侮辱，肯定會化身為能夠擊倒千軍萬馬的修羅神佛大鬧一番吧。

聽到十六夜發言的蛟劉也以有點傻眼的態度伸手按住他的肩膀。

「我說啊，你也稍微冷靜一點，少年。雖然我明白你的心情，但先動手的是你們喔。正常來說即使妳們落到被處罰的立場也不……」

「哼！這什麼鬼話！你想說什麼？想告訴我在公眾面前以言語暴力傷害人是無罪的行為嗎？雖然言語暴力不是實際的刀刃，不會在對方身上留下傷痕也不會流血，但反過來說卻會傷害靈魂，讓人流淚……以我的觀點來看，這種作法更惡劣又卑鄙，是比畜生還低賤的垃圾！更不用說他們傷害的對象是個才十歲的小孩！」

十六夜以憤怒的眼神瞪著蛟劉。

看到十六夜氣勢洶洶，反而是同志的「No Name」眾人最感到吃驚。他們恐怕沒有想像到，平常總是掛著輕薄笑容的十六夜居然會為了同志如此大發雷霆。

「如果白夜叉打算出手，應該也是基於同樣的理由……不對嗎？」

被十六夜一瞪，蛟劉也稍微思考了一下。

「……原來如此，的確有道理。」

「什麼！喂……！」

「話雖如此，現在正在舉辦收穫祭，其他參加者也玩得正開心……如何？這裡就根據箱庭的慣例，以恩賜遊戲來一決勝負吧。」

蛟劉笑容滿面地提議。

作為彼此的妥協點，這的確是個不錯的台階。十六夜也迅速點頭，再度瞪著格里菲斯。

「兩天後的『Hippocamp 的騎師』是這場收穫祭中最大規模的遊戲吧？就用那個遊戲來解決，敗者要在舞台上對勝利者跪下磕頭道歉——你有異議嗎？」

「……哼！你們最好從現在就開始準備在眾人面前丟臉。」

「那是我要講的話。你給我記住，馬肉，你拔出的刀刃是沒有劍鞘的雙刃之劍。你嘲笑了格利的傷，那卻是為我手腳付出的代價，所以這筆帳我一定會跟你算得清清楚楚。」

即使被十六夜放出的強烈怒氣震懾，格里菲斯依然咂舌離開了總陣營。看著牠的背影離開之後，蛟劉重重嘆口氣低下頭。

「抱歉了，少年。你的主張都很合理，真是謝謝你特地忍耐。」

「我也不是為了你這樣做。」

十六夜哼了一聲再度坐下。

不過他立刻像是突然想到了什麼，咧嘴一笑換上積極態度回問：

「……話說回來我倒是嚇了一跳。雖然知道你有實力，但沒想到居然是西遊記的蛟魔王。書中幾乎沒有關於你的記述，我一直很想聽聽你的故事。」

「哎呀，我也是喔。像西遊記這種有名的故事，會讓人很想考核一下內容的真實性呢。」

「ＹＥＳ！人家也很想知道！」

「No Name」眾人的眼神全都亮了起來。

蛟劉露出有點僵硬的笑容連連後退。

「啊～不不，沒什麼。老人家的往事根本……」

「這裡有好吃的餐點耶。」

「也有好吃的小菜哦。」

「還有好喝的美酒……不過這裡還是請委屈一點用果汁替代吧！」

好！準備完成！兩個問題兒童和代理人都表現出這樣的態度。

領悟到自己恐怕沒法逃走，蛟魔王也認命地笑著坐下。

＊

——另一方面，這時在舞台上。

獨占了收穫祭舞台的白夜叉高舉起扇子。

「——總而言之！凡是要在收穫祭的核心遊戲『Hippocamp的騎師』裡借用水馬的參加者，所有人都有義務穿著泳裝！」

「嗚喔喔喔喔喔喔喔喔喔喔喔喔喔喔喔喔喔！」

「白夜叉大人萬歲！白夜叉大人萬歲！白夜叉大人萬歲！」

「『Thousand Eyes』萬歲！『Thousand Eyes』萬歲！」

觀眾們……更正，醉鬼們發出了熱烈的歡呼聲。

白夜叉以一派爽朗豁達甚至可說是神聖的表情張開雙手。

「另外，關於專屬裁判的黑兔！在擔任裁判的期間！必須隨時穿著比基尼泳裝～～！」

「太棒了呀啊啊啊啊啊啊啊啊啊啊！」

「大正義白夜叉萬歲！大正義白夜叉萬歲！」

「黑兔的泳裝萬歲！黑兔的泳裝萬歲！」

「哈哈哈哈哈哈哈哈！諸民們讚頌我吧！神佛們畏懼我吧！我正是不落太陽的化身！遙遠地平線的支配者！『白夜魔王』白夜王是也！」

——完全失控了。這並不是比喻。

負責吐嘈的黑兔不在場。

身為「主辦者」的莎拉也不在場。

擔任安全裝置的女性店員已經醉倒了。

別說不可能有人能制止脫韁的白夜叉，甚至那些參加者們還興高采烈地接受了她的發言。

收穫祭的第一個晚上——沒有人阻止失控的白夜叉。

只有彎彎新月的月光以不予置評的態度旁觀著眾生。

幕間

——收穫祭的第一天在極為熱烈的場面下落幕。

進入深夜時分後，地下都市也恢復平靜，周遭一片靜寂。

川邊的清涼晚風吹動大樹的葉子，穿過樹枝發出了沙沙聲。篝火已經熄滅，從新月溢出的星光隨著水面搖曳。

在大樹的頂端，有個獨自飲酒的人影。

那是一個獨眼還蓋著眼罩的男子——蛟魔王，蛟劉低頭俯視著恢復平靜的水都喃喃說道：

「哎呀……仔細想想……真不知道有幾年沒把往事講給別人聽了……」

結果，直到「No Name」眾人就寢為止，蛟劉都被纏著敘述往事。

例如結拜兄弟七人一起去找閻魔大王挑戰。

從東海龍王那裡搶走了「神珍鐵」製的恩惠。

還有打敗哪吒太子，對玉皇大帝宣戰那時的情況。

以及提到七名結拜兄弟的中心人物——美猴王齊天大聖。

「————」

蛟劉睜大細長的眼睛凝視著新月。

他曾經抬頭仰望過幾百幾千次月亮，每一次記憶深處都會出浮現那個身影。

宛如搖晃稻浪的美麗金髮。

彷彿大地氣息的開朗笑容。

那個即使被天上蓋下魔王的烙印——仍然堅持宣稱自身為聖者並歌頌正義的愚蠢之人。

（地球的半星靈……孫悟空大姊。）

蛟劉將視線往下移，讓記憶中的過往身影投射在杯中的朦朧月影上，一口氣把酒喝乾。

——所謂的「半星靈」，是最高等級的精靈名稱，並且被賦予了和星靈不同的使命。

藉由星球恩惠而誕生的他們，將在孕育出自身的土地上成為守護者，並成長為山神、海神或大地女神，例如猿神哈奴曼（Hanuman）也是其中之一。經歷過幾星霜的歲月後，最後只有其中之一能覺醒成真正的星靈。因此簡單來說，他們就是星靈的候補者。

然而孫悟空卻不一樣。不，原本「她」也會以半星靈的身分走上這個過程。

根據傳承，孫悟空是從活火山「花果山」山頂的仙石中誕生。然而這其中卻包含了極為誇張的誤解。

基本上，生出孫悟空的仙石在地上出現的時間和花果山誕生屬於同一時期——也就是能回溯到大陸的起源期。那時她被從星球地殼內噴出的土石流帶到了地上。所以原本應該要在星球中心部出生的孫悟空並沒有獲得原本該被賦予的知識和使命。

無法成為神靈，無法成為仙人，也無法成為鬼怪。

歷經探尋自我的旅程，最後終於得到的答案——就是要以盈溢而出的強大力量來治理世間，讓世界獲得永久平定的想法。

所以她以名字來賦予自己過大的使命。

能與天齊列之大聖者——她自稱為「齊天大聖」，接受了魔王的烙印。

「……不過算了，一切都只是一枕黃粱，而且是不滿百年的一夜之夢。」

蛟劉自嘲般地晃著杯中的酒。

然而和那些睜大發亮雙眼聆聽自己述說往年英勇事蹟的人們一起度過的時間，或許也能算是過得相當愉快。

「一直隨波逐流到了今天……好啦，有多久沒有這麼開心了？」

他手上的紅漆酒杯裡描繪著兩隻交錯的蛇。

或許這個標誌就是「覆海大聖」的旗幟。蛟劉隨手搖晃著紅漆酒杯，讓倒映在酒面的月亮也跟著變形……這時，他感覺到背後有人靠近。

叮鈴——聽到清脆的鈴聲，蛟劉以打心底感到意外的表情迎接來客。

「……哎呀，讓人相當懷念的人物居然出現了。」

「嗯，真的是久違了，蛟劉。有幾世紀沒見面了？」

「這個嘛……我想是悟空大姊決定皈依佛門之後直到現在？」

蛟劉瞇著一隻眼睛笑了。

白夜叉伸手壓住被夜風吹起的銀髮，也露出了苦笑。

「……是那樣沒錯。在那之後，只有你和其他妖王不同，一直無法掌握到消息。」

「咦？原來妳有在找我啊？我完全沒察覺。」

「說什麼謊，我每次送出探子都會被你騙過吧。」

白夜叉很不以為然地嘆了口氣。

把「拉普拉斯小惡魔」帶來找人是正確的決定。要是使用不成熟的使魔，恐怕連這個場所也無法鎖定。

白夜叉跨著大步走向蛟劉，在他身邊盤腿坐下。

接著她從虛空中取出酒瓶，默默倒酒之後開口說道：

「玉帝、道教、仙界、佛門……再沒有其他魔王曾同時與這麼多神佛為敵。到最後不但連護法十二天中的三天都被你們逼出，甚至連釋迦那傢伙都得出面。而且明明亂來到這種程度，卻沒有被消滅又繼續活了這麼長久的歲月，說起來還真是奇妙。」

「哎呀妳說得對。最強的武神們果然不簡單，要不是大姊她一個人擋下了道教那派人……哼哼，我們早就死光了吧。」

蛟劉嘴邊露出鬱悶笑容，一口氣喝乾紅漆酒杯裡的酒。然而他的眼中卻浮現出類似哀愁的情緒。

就算是魔王——落日悲劇還是會在胸中留下巨大的傷痕吧。

牛魔王和鵬魔王痛恨佛門的反應也是這傷痕帶來的影響。白夜叉明白，連這個臉上掛著輕薄笑容的男子也是依然放不下這個傷口的人之一。

「算了，閒聊就到此為止吧。畢竟大哥也有託我擔任使者。」

「牛魔王託你？要找我嗎？」

「嗯，關於那個『階層支配者』襲擊事件，他好像有事想轉達給妳知道。」

白夜叉露出緊張表情，身體也往前傾。

「……是什麼情報？」

「是襲擊北區的魔王，以及可能是主犯的傢伙們。詳細內容好像寫在這裡面。」

蛟劉說完，從懷中拿出一封信。

把封蠟上蓋著「平天大聖」旗幟的信件確實交給白夜叉後，蛟劉伸著懶腰緩緩站起。

「哎呀~這下大哥的吩咐也處理好了。是說真的太誇張了，隔了百年突然叫我過去，結果卻是要我幫忙送信。大哥真是愛隨便指使人。」

「這是因為對你的實力有信心才會拜託你吧。如果信件內容為真，很有可能會受到魔王襲擊。」

畢竟前回魔王襲擊的主犯尚未釐清，如果這是一封記載相關情報的信件，那麼也必須考量被奪走的危險性。

所以牛魔王才會把這封信交給可以信賴的義弟吧。

（……話雖如此，但理由應該不只是因為這樣。）

牛魔王曾在之前的信中指示想找到繼任者的白夜叉前來「Underwood」。

同時，蛟劉——蛟魔王也在這裡出現。這不可能只是偶然，以白夜叉的立場來說，無論如何她都想拉攏蛟劉加入自己這方。

「不過真讓人驚訝，沒想到你住在『Underwood』。難不成這急速的復興是因為你也有插手？」

「怎麼可能。我只是漫無目的四處亂晃，後來因為一時興起就借住了一下而已，沒有出手幫忙任何……啊，不，倒是有收了一個徒弟。」

講到這邊蛟劉似乎有點心虛，臉上笑容一瞬間消失又恢復。

白夜叉以當作沒看到的態度放下酒瓶，抬頭仰望新月。

「……你現在有擔任哪個共同體的領導人嗎？」

「怎麼可能，妳也知道我不是那個料。」

「這話太謙虛了。你在星之深淵的海底火山累積千年修行並取得了『龍』的靈格。應該有不少人會來拜訪擁有千山千海靈格的你……」

「我就是覺得那樣很麻煩啊，這個沒用的『覆海大聖』旗下只能容下一人。」

蛟劉臉上雖然保持著笑容，嘴上卻撇清般地說道。

而且他的獨眼中不帶笑意，反而浮現出明顯的拒絕神色。

「——白夜王，我不知道妳想說什麼，但不要對我有過度的期待。正如妳所見，我是個捨世之人，不會對任何事提起幹勁，只想隨波逐流悠哉過活。這次完全是因為大哥硬要託付給我，我可嚴正拒絕和任何麻煩事扯上關係。」

「……是嗎？那我還真是冒犯了。」

白夜叉靜靜閉上雙眼，在原地站起。既然他如此強烈拒絕，那麼再說什麼都是浪費力氣吧。白夜叉改變心意認定如果要說服他必須準備新的戰略，接著準備轉身離開。

然而就在白夜叉轉身時，她注意到蛟劉的側腹似乎有著負傷的痕跡。

「……蛟劉，你的肚子是怎麼了？」

「噢，這個？是之前阻止衝突時被一個女孩打了一下。」

蛟劉舉高左手讓白夜叉看清側腹傷勢。

他的側腹有一片看來頗為嚴重的瘀青。根據這傷勢，說不定還有一兩根肋骨受損。

「哎呀～那真是個了不起的女孩。明明已經失去意識，還可以沿著手臂間的空檔給我一擊。那種人應該就叫做天賦之才吧？」

蛟劉以頗有感觸又似乎很愉快的態度如此說道，先前他從未表現出這種反應。

然而在這場收穫祭中能讓蛟魔王受傷的少女應該只有一個人——

「——喂，你這傢伙，該不會對黑兔出手了吧？」

「啥？等……等一下不是啦不是！被我阻止的是格里菲斯那小鬼和一個短髮女孩！名字好像是叫做……春日部耀吧？」

「什麼？」這次輪到白夜叉大吃一驚。

因為根據白夜叉所知，春日部耀的實力根本不可能反擊蛟魔王。

「那個春日部耀讓你受傷……？」

「我不會拿自己大意來作為藉口，畢竟先發動突襲的人正是我自己。不過在意識完全被中斷的狀況下，居然還能造成這個創傷。就是因為久久會蹦出一兩個那種天才，所以下層才有趣。」

蛟魔王抖著喉嚨咯咯笑著，這表情和之前為止的虛偽笑容完全不同。

他的嘴角顯露出兇暴的自尊心——一種和過去魔王時代的笑容近乎相同的表情正隱約可見。

看到這個笑容讓白夜叉靈機一動。

（是嗎……即使現在已成了乾枯漂流木，和強者競爭依然能讓他興奮期待嗎？）

那麼這個男子也還殘留著一縷希望。

如果蛟劉依然能透過戰鬥來感覺到活著的熱度——那麼只要將強大到足以打動他的敵人送到他面前就好。

白夜叉走向蛟劉，背對月光微微笑了。

「……蛟魔王，我還有一件事。」

第六章

——「Underwood」，河邊的放牧場。

隔天一大早，飛鳥、耀、黑兔三人就去挑選要作為賽馬的馬頭魚尾怪和泳裝。泳裝居然就放在牧場隔壁，實在設想週到。

在萬里無雲的晴空下，飛鳥和黑兔都重重嘆了口氣。

「……我覺得好憂鬱……」

「……人家也有同感……」

她們唉聲嘆氣地挑選著泳裝。雖然飛鳥一開始還很積極，但看到南區販賣的泳裝布料竟然如此稀少，不由得面紅耳赤說不出話。

久遠飛鳥是道道地地的昭和女性。

對於在主張「長度不過膝的裙子成何體統」的日本文化中長大的飛鳥來說，這些只遮住胸部和下半身的泳裝肯定超乎她的想像。

「這種設計跟內衣根本沒什麼兩樣呀！」

「可是在南區似乎不是什麼稀奇的東西……」

「看別人穿是無所謂！可是如果是自己要穿那就另當別論！」

飛鳥以自暴自棄的態度翻找泳裝。

順便提一下，黑兔則是要由白夜叉來為她準備指定的泳裝。

（白夜叉大人準備的泳裝……到底會是多麼猥褻的東西……！）

她害怕地不斷抽動著兔耳。

然而無論多麼後悔也無法挽救，正因為千金難買早知道才叫做後悔。

「最後絕招就是乾脆不參加……不，不行！我得補回沒能在狩獵祭中賺到的部分！」

飛鳥鼓起幹勁。

黑兔也重新振作起來以快活聲調回答：

「ＹＥＳ！飛鳥小姐要為了購買恩賜存錢！而耀小姐則是為了要拿到能代替耳機的物品！請兩位都多多加油！」

唰！黑兔豎直兔耳。

然而飛鳥卻輕笑著搖了搖頭。

「……不過，我不只是為了那個原因。」

「咦？」

「嘻嘻，現在還是祕密。對了，也得幫莉莉和珮絲特她們挑好泳裝。」

飛鳥露出別有深意的笑容，往兒童泳裝區移動。

黑兔驚慌失措地隨後追上。

「請……請等一下！姑且不論珮絲特，為什麼連莉莉都要穿泳裝？」

「哎呀？妳沒有聽說嗎？聽說委託她們當天幫忙時要穿著泳裝……」

「這……這是哪來的犯罪者的要求！身為保護者，我無法接受這樣的委託！」

「別那樣說嘛，那些孩子們似乎很想去做自己辦得到的事情喔。」

飛鳥露出平常那種促狹的笑容。黑兔側著腦袋實在無法完全認同，然而為了守住道德的最低標準，她也和飛鳥一起前往兒童泳裝區。

耀丟下這樣的飛鳥等人不管，隨便選了一套泳裝之後，就興奮地跑去騎上了馬頭魚尾怪。

「嘿呀！」

她跨上馬鞍握住韁繩，輕輕揮鞭。

——馬頭魚尾怪是一種馬蹄上有蹼，鬃毛部位還長有背鰭的幻獸。

而且牠們能夠在水上、水中奔跑。足跡雖然會濺起激烈的水花，然而四肢卻能夠繼續前進。

這應該是恩賜帶來的能力吧。

耀摸了摸這頭被自己借來代步的馬頭魚尾怪的脖子，發表感想。

「騎起來的感覺很不可思議……比在地上騎馬時晃得更厲害呢。」

「這點請多見諒。和地面不同，水上其實很不安定。而且我們是在控制馬蹄會接觸到的水面張力和水中壓力，所以往前衝的那瞬間總是特別劇烈浮沉。」

「是嗎……好！」

耀放開韁繩，在馬鞍上站起。

接著她在大河中心跳下馬背，於是膝蓋以下都沉進水裡，靴子也弄濕了。但耀並沒有繼續往下沉，反而緩緩地開始朝水面上升。

馬頭魚尾怪不由得發出感嘆。

「這真是了不起！沒想到人類能使用和我等相同的力量！」

「嗯……不過這個好像比想像中還困難。」

耀舉起右腳往前跨了一步，踩到水面上。

結果卻和先前一樣，直到膝蓋附近都沉入水中。

（表面張力和浮力、水壓的操作……嗚哇，這個超難控制。）

耀因為高門檻的難度而皺起眉頭。

馬頭魚尾怪這種能在水面奔跑的恩賜，必須應用到高水準的流體力學。至於牠們本身並不是靠理論，而是靠經驗法則和血統來成功辦到，這就叫做生命的神祕吧。

其實獅鷲獸的恩賜也是一樣，只是由於輸出高，因此即使隨便操作也能夠飛翔。

「嗯～雖然我很想和你一起在大河上兜風，不過今天應該辦不到。」

「不不，已經很了不起了。即使是我等一族，也需要花上半年才能學會在水面上奔馳。光是能在水面上站立就已經是非常傑出的表現了。」

「是嗎？」耀搔著頭笑著回應。

「那麼先回去吧，我的朋友也為了參加比賽而過來挑選賽馬。」

「嗯，那麼明天一起加油吧。」

耀握起韁繩調轉方向，在水面上濺出水花，沿著原路折返。回到有馬頭魚尾怪宿舍的放牧場後，試穿好泳裝的飛鳥已經在岸邊等待。

「飛鳥！妳選好泳裝了？」

「……春日部同學。」

迎接耀回來的飛鳥正在戴上遮陽草帽。

她選擇的泳裝是紅色比基尼，還綁上了一條沙灘巾。

雖然算是比較暴露，不過以整體來看是能散發出氣質的造型。這也是因為和飛鳥本人的良好出身相得益彰吧。

站在旁邊的黑兔從後方摟住飛鳥的肩膀。

「嘻嘻，您覺得如何呢？題目是以『養在深閨的大小姐，第一次玩水！』為主題喔♪」

「嗯，非常適合。黑兔，超 GOOD JOB！」

兩人對著彼此豎起拇指，飛鳥則紅著臉把頭轉開。

「比……比起這種事情！春日部同學已經選好搭檔了嗎？」

「嗯，我選了這位西波波塔瑪瑪先生。」

「嘻噗……？」

「嘶～」西波波塔瑪瑪哼著鼻子打招呼。飛鳥和黑兔拚命忍住自己想笑的衝動，很有禮貌地行了一禮。

「請……請多指教。西波波……西波波塔瑪瑪先生。」

「嗯，牠也說請多指教。那飛鳥妳選好搭檔了嗎？」

「不，春日部同學不知道昨天有更改規則嗎？」

飛鳥以詫異的語氣回應，而耀則不解地側了側腦袋。

於是飛鳥就把手上羊皮紙記載的「契約文件」內容拿給耀看。

「恩賜遊戲——Hippocamp的騎師——」

．參加者資格：

一、能夠在水上移動的幻獸和騎師（不可飛行）。

二、可以指派從岸邊輔助騎師和賽馬的助手，最多選出三人。

三、如向總部借用海駒，共同體的女性參加者必須穿著泳裝。

·禁止事項：

一、禁止所有危害賽馬的行為。

二、掉入水中的參加者即視為落馬並喪失資格。

·勝利條件：

一、從『Underwood』沿河逆流而上，並取得海樹的果實。

二、最快來回者即為優勝。

宣誓：尊重上述內容，基於榮耀與旗幟，各共同體參加恩賜遊戲。

『龍角鷲獅子』聯盟印」

「咦？從個人戰變成了團體戰。」

「ＹＥＳ！詳細的理由好像之後會再說明。」

「是嗎？」一耀隨口回應後就開始思考。

接著她看向在旁邊嘩啦嘩啦踢著河水的飛鳥，突然開口說道：

「……騎師就由飛鳥擔任吧。」

「咦？春日部同學妳不自己騎嗎？」

「因為照這個規則，騎師只有一人，而助手必須待在岸上才行吧？聽說馬頭魚尾怪時速可以達到七十公里左右，飛鳥妳追得上嗎？」

啪！飛鳥握拳輕打了一下手掌。情況的確正如耀所說。

因為迪恩已經送去修理，飛鳥不可能以那種速度移動。就算說要擔任助手，她能做的事情也有限。

「而且以飛鳥的恩賜來說，比起助手，應該更適合擔任騎師。」

「是……是嗎？既然這樣我就來試乘一下好了。」

飛鳥把草帽交給黑兔，跨上馬鞍。

握住韁繩之後，飛鳥隨口催促賽馬移動。

「那麼，就以高原為目標——全力往前奔馳！」

話聲剛落，馬頭魚尾怪就發出嘶吼聲往前衝刺。坐在比先前濺起更激烈水花的馬背上並承受劇烈搖晃的飛鳥像是嚇壞了一般，臉部表情有些扭曲。

「咦……等……等一……」

而且還因為搖晃太劇烈所以無法講出制止的命令，於是馬頭魚尾怪不顧一切地發出嘶鳴聲朝著遠方跑去。耀和黑兔露出敬佩的眼光，並揮著手目送大河高原奔馳而去的飛鳥離開。

「真厲害！那個速度應該有機會獲得優勝！」

目送飛鳥背影逐漸遠去的黑兔開心地說道。

然而耀卻露出了對照的嚴肅表情。

「很遺憾，我認為光有速度並無法獲得優勝。」

「咦？」

「因為那個人好像也要參加。」

耀指了指大河對岸。黑兔也跟著看向那邊，只見那邊有一頭看起來體態就很健壯的馬頭魚尾怪，背上還坐著斐思．雷斯。

注意到兩人視線的斐思．雷斯拉動韁繩，讓坐騎移動到兩人這邊。

從坐騎身上下來之後，她以有點猶豫的態度開口：

「……好久不見了，『箱庭貴族』。還有另一位，之前真是失禮了。」

「啊……不，我不在意。是說妳的賽馬……真是非常漂亮……！」

耀睜著發亮的雙眼看著斐思．雷斯的坐騎。

她的坐騎擁有結實的藍色身體，海駒特有的背鰭則呈現半透明的綠色。陽光穿透被河水淋濕的背鰭，形成燦爛的光輝映入眼中。全身的造型也彷彿活雕刻一般，保持著完美的均衡。

不分種類，耀第一次見到這麼美的馬。

「真的非常漂亮……！不過這孩子不是出租的馬頭魚尾怪吧？」

「不是，是女王賞賜我的坐騎之一。」

斐思．雷斯以單調的語氣回答。不過或許是多心，總覺得她的嘴角微微上揚。應該是自豪的坐騎受人稱讚而感到很開心吧。

黑兔也靠近馬頭魚尾怪，露出彷彿著迷的視線。

「不愧是『萬聖節女王』的寵臣，居然能夠獲得這麼棒的坐騎。」

「女王是最強的召喚者。雖然也有賞賜其他騎乘用幻獸，不過講到『能在水上奔馳的馬』，果然還是這孩子最適合。」

斐思．雷斯一邊說，一邊溫柔地搔著馬頭魚尾怪的背部，她的坐騎也似乎很舒服地把身子靠向主人。光是這些動作，就可以察覺出彼此間有著深厚的信賴關係。

耀有點緊張地往前踏了一步。

「……不過，我們不會輸。在狩獵祭中輸掉的部分，這次換我們贏回來。」

這是正面提出的宣戰布告，斐思．雷斯一瞬間表現出似乎有點驚訝的反應，但立刻以和往常無異的沉靜聲調回應：

「我明白了，我鄭重接下這份挑戰……不過這樣好嗎？你們似乎還必須和『二翼』的格里菲斯決鬥……」

「誰會輸給那種東西。」

耀立刻嘟起嘴回答。

斐思．雷斯稍微思考了一下，才講出內心介意的另一件事。

「……妳們知道『龍角鷲獅子』聯盟舉行的賭局嗎？」

耀和黑兔看著彼此歪了歪頭，她們都是第一次聽到這個消息。斐思・雷斯靠近兩人，壓低音量似乎是不想被盜聽。

「我也是從別處得知……如果『二翼』在『Hippocamp 的騎師』裡獲得優勝，格里菲斯似乎會被任命為南區的『階層支配者』。」

＊

——「Underwood」貴賓室，格利的房間。

大樹的貴賓室中也有為了招待幻獸而準備的房間，這種特別室裡鋪著稻草，還利用大樹湧出的水源來設置了飲水池。

在先前戰鬥中負傷的格利就是在幻獸的貴賓室裡療養。

十六夜把昨晚在收穫祭上收集到的慰問品塞在麻袋裡帶了過來。由於生肉再怎麼說還是有些危險，因此他找人稍微處理過，製作成烤肉或燻肉之類。

用牙齒直接從帶骨肉塊用力扯下一片肉的十六夜以非常滿意的表情點點頭。

「我一直很想試試用這種方式來吃肉。」

「哦？這又是為什麼？人類應該是使用工具來進食的生物吧？」

「是沒錯，不過這是氣氛的問題。不覺得直接啃咬帶骨肉塊，會讓人感覺比較好吃嗎？」

十六夜哇哈哈笑著，又咬住肉扯下一塊。

格利也苦笑著用前腳壓住肉塊，並以嘴巴啄食。

當兩人正在吃喝，房門卻在沒被敲響的狀況下直接打開，貓耳父女闖了進來。

「嗯？常客先生也在呢！老大！」

「哦？『No Name』的小子，你也來探病嗎？」

「是啊……嗯？你們好像帶了什麼好東西來？」

十六夜望向兩人的背後。除了麻袋，他們似乎還把酒桶也一起帶來了。

看到兩人毫不客氣地直接走入房間擺出一堆東西，格利更是苦笑。

「嘎羅羅，帶酒給重傷者的行為似乎有待商議。」

「啥？那你不喝嗎？」

「我沒有那樣說，我只是想強調我喝酒的行為不是我自身的錯，而是嘎羅羅你的責任。」

「說得對，是大白天就慫恿人喝酒的大叔不好。」

格利和十六夜很快地把責任都推到嘎羅羅頭上，接受嘉洛洛為他們倒酒。

嘎羅羅也沒有多抱怨，反而率先舉杯。

「那麼就為了收穫祭第二天……還有負傷的英雄——乾杯！」

咔！杯子互碰發出聲響。

聽到剛剛的發言，讓十六夜明白嘎羅羅來探病的目的。

（……原來如此，是因為那個馬肉的事嗎？）

即使所屬共同體不同，但聯盟的一員卻在公眾面前污辱格利，他們應該覺得有些過意不去吧。然而嘎羅羅並不只是想要謝罪，而是真心認為格利是負傷的英雄，所以才會安排了這樣的聚會。

因為該獻給英雄的言論並不是謝罪也不是同情——而是讚賞與喝采。

「話說回來，那個馬肉真的是格利的兄弟嗎？」

「……是啊，以幻獸為中心的共同體沒有婚姻之類的概念，所以在生兒育女這方面也相當開放。」

「哦～感覺繼承者之爭應該會相當激烈吧？」

「不，幻獸共同體並不見得會那樣，因為繼承首領的條件不是血統而是按照實力主義。所以無論德拉科在哪生了小孩其實並不成問題，只是……」

嘎羅羅尷尬地停口，把視線移到格利身上。

牠也露出自嘲笑容嘆了口氣。

「那是十年前的事情，我在和格里菲斯的決鬥中被打敗，離開了『Underwood』。」

「……什麼？」

「那時正好是『龍角鷲獅子』聯盟向『Underwood』表示願意提供支援的時期。格里菲斯似乎到那時才知道我的存在。那傢伙對自己的血統有著絕對的自信——尤其以父親的血統為傲，所以把身為純血獅鷲獸的我當成眼中釘。」

「……嗯？」聽到這邊十六夜歪了歪頭。

「等一下，那個馬肉是所謂的第三幻想種吧？而且聽說牠還是擁有獅鷲獸和龍馬血統的優良種。」

——所謂的「龍馬」是指馬和龍的混血，也是一種亞龍。

擁有馬外型和龍鱗的龍馬能操縱水和閃電。至於格里菲斯則是「獅鷲獸」和「龍馬」混血所生下的駿鷹。

格利和嘎羅羅也知道這件事，但卻面帶遺憾地嘆了口氣。

「當然，牠將這份血統引以為傲，而且甚至到了有些傲慢的地步。」

「然而對格里菲斯那小子來說，真正的驕傲不是獅鷲獸也不是龍馬，牠……是崇拜自己的父親，德拉科・格萊夫本身。」

十六夜擊了一下掌表示理解。

「噢噢，原來如此啊，換句話說牠無法忍受弟弟擁有和尊敬父親相同的外貌。」

「就是這麼一回事，如果不是兄弟那也就算了……」

嘎羅羅一臉複雜地嘆了口氣，一口氣把酒喝光。

對他來說，雙方都是戰友的兒子。雖然希望牠們彼此之間不要爭執和平共處，但所謂的血緣關係即使外人再怎麼多嘴也是白費力氣。所以他只能把眼光放遠，期望只要雙方都活久一點，一定就會找到機會居中斡旋。

「話說回來，這還是我第一次像這樣和大叔你好好交談呢。明明大小姐和春日部都麻煩你照顧，我實在太晚打招呼了。」

「別這樣啊真見外！我和『No Name』是老交情了，不必在意。」

嘎羅羅咧著嘴豪爽笑了。

雖然「No Name」曾經毀滅，但原來過去串起的緣分並沒有跟著全部消失啊。十六夜有點感慨。

「那麼如何呢？看在前任『階層支配者』的參謀眼中，女孩組有機會嗎？」

十六夜若無其事地發問。

嘎羅羅把杯子放到地上，沉吟一聲之後才開始往下說。

「這個嘛……首先關於耀小姑娘，我認為那孩子可以說是幾乎已經完成了。扣掉容易擅自行動的缺點之後，甚至沒有什麼需要特別鍛鍊。那孩子就算丟著不管，也會自己變強。」

——不愧是孔明的女兒。嘎羅羅在內心微笑。

「哦～那還真是可靠。」

「嗯……正因為如此，昨天的騷動真是讓我嚇出一身冷汗。要是那孩子認真起來，格里菲斯那小子只消一擊就會被變成絞肉。」

嘎羅羅無奈地嘆著氣。

雖然十六夜心裡覺得那時乾脆把牠打成絞肉就好了，不過他特地忍住沒有說出口。

「這樣一來意思是春日部不需要擔心嗎……那麼大小姐又如何？」

十六夜一發問，嘎羅羅就換上了為難的表情。

他把萊姆酒倒入杯中，以謹慎的態度開口：

「……飛鳥小姑娘的情況有點棘手。」

「怎說？」

「恩賜本身真的很了不起。光使用那種頂多引起火花的發火恩賜，就能夠讓鐵蒸發，這種事情我可從來沒聽說過。」

「這還真厲害。」

十六夜這句話並不是諷刺，而是真心感到佩服。

他並沒有看過飛鳥使用恩賜的情況。由於他只有見識過飛鳥指揮迪恩作戰的情況，因此這種情報相當貴重。

「眼前的問題是……沒有配得上她才能的恩賜。你知道這半個月以來她弄壞了多少恩賜嗎？總共二十四個啊！這可不是消耗品，真希望她使用時可以稍微慎重一點，唉～」

嘎羅羅唉聲嘆氣。

這也是源自於飛鳥的才能，可說是奢侈的煩惱。

「所以為了節約，我一直給她必須思考對應戰術的課題……不過看她那種性格，應該也很難辦到吧。算了，目前只能用壞多少補充多少了。」

「喂喂，這真是花錢的做法。」

「啊哈哈～不過對我們來說就是大賺一票了！」

嘉洛洛以開朗的聲音笑了。可是「No Name」的財政絕不能算得上是寬裕，十六夜也記住久遠飛鳥需要儘快拿到強力的恩賜。

「雖然我應該沒什麼資格講這種話，不過大小姐擁有相當奇妙的才能呢。」

「沒有你那麼誇張吧？居然可以一擊打倒最強種，要說奇怪的話，我覺得十六夜你才更奇怪。」

格利很難得地開口吐嘈，十六夜也以哇哈哈笑聲回應。

然而嘎羅羅卻摸著下巴以慎重語氣說道：

「雖然小子的情況我也還不清楚……不過飛鳥小姑娘的根源倒是可以推測。」

「哦？真的嗎？」

「嗯，我想那孩子恐怕屬於——一種『返祖現象』吧？」

十六夜喝酒的動作突然停止。

「……你是說隔代遺傳之類？」

「她這例子的含意有點不同，不過算是類似。所謂隔代遺傳是指生物逆行出現祖先特徵的症狀，但這次是指其他意義。我認為那孩子或許是在靈格上——也就是在她本人的誕生上有什麼神明附身之類的奇蹟。」

「…………？」

「呃……我舉個例，當一對生不出小孩的夫婦去找掌管生育之類的神明賜予子嗣，那孩子的系統就會來自於父親、母親、神靈三個根源。講到這邊聽得懂嗎？」

「嗯，這例子很好懂，超好懂。」

「好，在這種情況下，出生的小孩算是低階的高位生命。飛鳥小姑娘恐怕就是不斷重複這儀式十代左右之後才生出來的小孩。」

這段推論讓十六夜也不由得張大眼睛。

「你意思是連續十代左右……都靠著神靈的恩惠來綿延子嗣？」

「對象也不一定是神靈，有時是惡魔，也有可能是鬼……只是考慮到飛鳥小姑娘的特性，十之八九是受到了神靈的加護——也就是極為接近神靈的人類。因為那孩子的力量毫無疑問是站在『給予』這一方。」

「哦哦？」十六夜似乎很佩服的呼了口氣。

雖然他只有間接聽說過飛鳥的力量，但恐怕也沒有料想到會是程度至此的才能吧。

「……話雖如此，小姑娘之所以會出現返祖現象，還有別的理由。」

「你說什麼？」

「除了天生的神佛，光靠血緣無法成為神靈。讓人類能成為神靈的功績是『一定數量以上的信仰』。而剛才的推論只有提到資質，還差功績。」

在十六夜快被說服時，嘎羅羅卻又一臉苦悶地喝起酒。

十六夜也舉杯靠向嘴邊，無言地催促嘎羅羅繼續。

「小子，你有聽過立體交叉並行世界論——通稱『歷史轉換期（paradigm shift）』嗎？」

「……前者有，後者是第一次聽說。」

「是嗎？那你要仔細聽。這是對飛鳥小姑娘很重要的事情。」

嘎羅羅放下杯子把身體往前傾，臉上是慎重的表情。

十六夜和另外兩人也紛紛挺直背脊像是要全神應對。

「——所謂『歷史轉換期』這個名詞並不是只針對人類，而是以一生命體為單位來觀測里程碑的時期。如果要舉例——像是大規模戰爭或是規模大到足以改變生態系的天災地變等現象發生的時期，就稱為『歷史轉換期』。這東西大致上有固定的時代，在這個時期為了促進歷史聚合，『恩惠』將以各式各樣的形式出現。所以追尋共同體的根源後，有很多都可以回溯到傳承、傳說或是史實上的人物。」

「……哦？不過這事和大小姐有什麼關係？」

十六夜詫異地發問，而嘎羅羅的眼神變得更加銳利。

「小子，小姑娘原本的時代，是日本敗戰不久之後吧？」

「……！原來是這麼一回事……！」

這次他終於理解般地用力點頭。

嘎羅羅也像是要呼應他那般繼續說道：

「我推測那孩子是『敗戰國家期望的救國志士』之類的偶像——或是其候補者吧？出身於大財閥，血統幾乎是神靈。就算知名度本身還很低，還是形成了能成為救國志士的器量。」

結果「國家期望的救國志士」這種漠然的信仰就選擇飛鳥作為棲身之處，讓她獲得了無色透明的恩惠和靈格。讓她才剛出生，就具備了本來要藉由人生功績才能獲得的靈格。

「因為時代而覺醒的神靈……不，這種情況或許該說是半神靈比較恰當。因為高位生命是獨立的物種，但相較之下飛鳥小姑娘的力量只是尚不成熟的神靈……只是這理論還有個謎團，為了要把飛鳥召喚來箱庭，可能性必須聚合——也就是必須在不同的時間軸上也觀測到相同的現象才行。因此除此之外的召喚方法有點特殊……關於這部分，小子，你有沒有什麼相關的線索？」

「——————」

十六夜用手搭著下巴思考，然而其實根本不必花時間去思考。

不用說，十六夜知道的日本歷史裡根本沒有出現過「久遠飛鳥」這號人物。在嘎羅羅所說的「可能性的聚合」中，並不包括她在內。

（只是……總覺得有點不太對勁。財閥解體時期存在的日本大財閥被稱為「四大財閥」，可是我卻記得大小姐哪時候好像曾經說過——「我家是五大財閥之一」。）

或者，她其實並沒有說過這句話？

雖然也有可能只是飛鳥在誇口，但至少十六夜從來不曾聽說過「久遠財閥」的存在。

這其實只是一個並不特別明顯，真的很輕微的不對勁感。

然而萬一「久遠財閥」這個神祕財閥就是讓十六夜產生這股不對勁感的原因——那麼說不定十六夜和飛鳥的世界是在更根源的部分就已經分道揚鑣了。

「……大叔說的事情我都了解了。謝謝，真的非常有參考性。」

「是嗎？」

「嗯。為了表示謝意由我幫你倒酒吧，盡量喝啊。」

十六夜笑著拿起酒壺猛倒酒，甚至還滿了出來。

「哇……喂喂！今年的萊姆酒釀得很好所以別浪費啊！」

「那你就從滿出來的地方開始喝就得了啊。」

「這什麼不合理的要求！」

嘎羅羅嘴上雖然這麼說，還是把嘴巴湊到杯子旁邊一口氣喝乾。看到這爽快得很有「六傷」首領氣勢的喝法，原先靜靜旁聽的格利和嘉洛洛也都笑了。

「老大也是要在這場收穫祭卸下職務，現在就當是提前慶祝退休，盡量喝個過癮吧！」

「嗯，退休儀式和就任儀式時一定要叫我，我會帶這次探病的回禮過去。」

兩人這麼一說，嘎羅羅就有點不好意思地搔了搔頭。

聽到退休和就任話題的十六夜這下才突然想起同盟的事情。

（話說起來小不點少爺他……有順利締結同盟嗎？）

＊

——「Underwood」會談室，深綠廳。

為了締結之前討論過的同盟，三個共同體來到深綠廳集合。

「No Name」由仁．拉塞爾和珮絲特出席。

「六傷」是波羅羅．干達克。

「Will o' wisp」則派出了傑克南瓜燈和愛夏。

這群人圍著圓桌彼此相對，拿出記載各自共同體要求的同盟契約書。

一開始是波羅羅率先拿起契約書，以輕鬆的口氣發言：

「哎，就省掉那些正經八百的客套話吧。我看今天就來確認契約書的重點內容如何？」

「我可以接受。」

「呀呵呵！我也沒有問題！」

傑克晃著南瓜頭開朗笑著。

波羅羅也心情很好地點點頭唸出內容。

「擁有土地權利的『No Name』，進行採礦作業的『六傷』，還有負責精煉礦石的『Will o' wisp』。除了對特別訂製品的處理可以另談，利益分配的比例是5：3：2，可以嗎？」

「嗯，我們同意。」

「呀呵呵……感……感……感覺金額會很驚人呢。」

雖然這氣氛要說是會議有點過於輕鬆，不過當事者們卻是非常嚴肅。

尤其是傑克在從仁那邊得知詳情之後，甚至還手舞足蹈地大喊：「根據地！根據地可以改建了！漏水也可以修好了呀呵呵呵呵！」他們的環境大概真的很糟糕吧。

「不過，目前有一個問題。製作聯盟旗的條件是『成員中擁有旗幟的共同體在三個以上』。換句話說必須再找一個共同體來加入同盟……怎麼辦？反正不試白不試，要不要去拜託『龍角鷲獅子』聯盟？」

「呀呵呵！關於這件事我這邊已經有候補對象了，如果你們兩邊都願意，是不是能交給我處理呢？」

兩人以詫異的眼神望著傑克。

雖然「Will o' wisp」開始打出名號，但依然是個才設立沒幾年的共同體。結果卻自信滿滿地表示有能夠一起組成同盟的共同體。這點真讓人吃驚。

（……不過也不是什麼真的那麼不可思議的事情，畢竟就連我們彼此之間也不能說有多久的交情。）

雖然和「六傷」原本就有一點往來，但也不能說是多深厚的情感。之所以能下定決定要組成同盟，全源自於和他們一起克服激戰後培養出的信賴。

仁有點緊張地發問：

「那些人可以相信嗎？」

「請放心，那個共同體的轠繩握在我方的手中。至於實力方面，原本也是五位數的共同體，所以還算可以保證吧。」

既然原本是五位數的共同體，那麼至少的確有一些實力吧。

仁也放下心表示應允。

「我明白了。那麼請你調整日程，儘快在早期就讓所有要結盟的共同體互相見面。」

「呀呵呵！了解！」

傑克舉手敬禮。

波羅羅先確認表面上的契約內容後，才開口向兩個共同體發問：

「那麼每個共同體各自的任務就按照剛才提出的內容，至於第四個共同體則是等到見面之後再討論——接下來……」

波羅羅稍微壓低了音調。

「雖然這是個彼此都難以啟齒的話題……不過也不能跳過這點不討論——關於魔王出現時

的『聯盟權限』要怎麼對應？」

下個議題讓仁和傑克的表情同時嚴肅了起來。

在這種情況下，波羅羅起身以斬釘截鐵的態度說道：

「不好意思我可要先把話講清楚，我等『六傷』不會對沒有勝算的遊戲送出救援。雖然同盟是血之契約，然而只要流血傷口就會被塞住。所以就算會被辱罵為敗壞聲譽，同志的生命依然無可取代。」

波羅羅已經準備好要面對侮蔑才如此宣言。

他非常了解在這個聯盟中，最欠缺戰鬥力的成員就是「六傷」。雖然講到規模方面可說是遠勝於其他共同體的領先者，但波羅羅也很清楚魔王沒有簡單到單憑人多就能打贏。

正因為如此，仁和傑克也靜靜點頭。

「別擔心，這方面我能理解。雖然同盟很重要……但第一前提還是要以自己的共同體為優先。」

「哎呀哎呀，我也有同感。要是捨棄自身利益去幫助他人，就沒有資格當組織之首。」

然而才剛這樣說完，傑克的空洞雙眼裡就閃出了光芒。

「而且根據剛才的講法，也可以解釋成『只要有勝算就會送出援助』。對我來說這樣就足夠了。」

「哈哈，你聽得真是仔細……好啊，遇上那種情況時，我們當然會排除萬難前去救援。我

在此向『六傷』旗幟和尊嚴發誓，你們雙方的共同體也可以接受這條件吧？」

傑克點頭表示爽快承諾。

仁卻靜靜地起身，引起兩人的注意。

「我對兩位的共同體以此為方針的做法沒有異議，不過『No Name』的心態是只要你們提供的協助內容合理，我方就會參加每一場遊戲。」

「什麼？」

波羅羅訝異反問。這也難怪，這樣聽起來簡直和一開始的奴隸契約沒有兩樣。

讓同志去流血以換來共同體的利益。

一直避開演變成這種結果的人應該正是仁本人才對。

「……我想兩位應該都知道，我們『No Name』的最終目的是要取回『旗幟』和『名號』。為了達成這目的，我們必須打倒仇敵魔王。」

「……然後呢？」

「也因此，我們的共同體必須變強。所以如果有必要，和魔王戰鬥也符合我們的方針。我希望你們兩位的共同體可以在這方面提供協助。」

「這話太欠缺具體性了，你就乾脆直說吧。」

波羅羅有些火大地說道。「不管對方想要什麼協助，沒有任何東西比同志的生命更重要」——這是他的信念。聽到違反這個信念的提案，他當然會感到不高興。

仁轉身面對珮絲特，接過寄放在她那裡的包包，並從裡面拿出了兩根銳利物品。

「……？這是什麼？槍尖嗎？」

「是的，是沉眠於我方武器倉庫的『神槍・極光之神臂（Brionac）』的槍尖。」

兩人大驚失色，不由自主地站了起來。

「神……『神槍・極光之神臂』的槍尖！」

「就是那把有名的必中必勝之槍嗎？」

仁點點頭表示肯定。

——「神槍・極光之神臂」擁有五根槍尖，是凱爾特神話群中最強的神槍。

和因陀羅的槍相同，這把神槍上寄宿著勝利的命運。據說一旦丟出，就會化成宛如太陽光的極光之手臂，毫無疏漏地貫穿敵人。

「這……是真的嗎……雖說箱庭很廣闊，但我還以為這種東西再怎樣也只是講給小孩聽的故事。」

「呀呵呵……我也是。」

「不過只有兩根並沒有意義。槍尖全部共有五根，似乎採用了必須收集到五根槍尖才能讓『神槍・極光之神臂』復活的機制。」

「……？什……什麼嘛，那你幹嘛給我們看這個？」

波羅羅像是很失望地反問，傑克應該也抱著同樣的感想吧。

然而仁卻直直望著兩人——

「——我帶這些來是為了作為證據……證明我們的武器庫裡大量沉眠著這種等級的裝備。」

「……什麼？」

「但是同樣很遺憾，那些裝備都是些只有特定人物或是必須克服困難考驗後才能夠使用的物品——所以我想過了，或許可以從武器庫裡沉眠的那些最高神器中，製造出強大的獨創裝備。」

這次兩人的臉色出現了衝擊性的變化。

尤其波羅羅受到的衝擊更是比傑克強烈數倍，因為他已經完全理解仁君打算說什麼了。

「呀呵呵……該不會是要我們像『Perseus』一樣製造出傳說裝備的複製劣化品……」

「不是，傑克。仁是想要做出超越原型(original)的『原創作品(original)』——也就是能配得上同志們的才能，而且是只為了他們而特地製造的最強裝備……！」

聽到波羅羅的補充，傑克更是說不出話。

仁也以堅定的決心點點頭。為了讓同志能發揮出十成十的力量戰鬥——這就是身為共同體領導人的他能提供的最大援助。

（……也就是說，比起靠「金剛鐵」來獲得資金，仁更優先的目標是想強化自軍的實力嗎？）

要徹底提昇組織面的優勢，這應該就是「No Name」的方針吧。
然而波羅羅卻咧嘴露出有些諷刺的笑容。
「雖然嘴上講得容易，但製作難度相當高喔。除了『金剛鐵』，還必須收集大量的素材和恩惠。」
「我知道，所以如果有什麼可以取得強大恩惠的遊戲，希望『六傷』能提供情報。」
「……是啦，我們是個商業共同體，要收集情報的確不是難事。只是就算真的把材料都收集齊全了……『Will o' wisp』有辦法製造出那種裝備嗎？」
波羅羅以惹人厭的笑容看著傑克。
傑克收起平常的愉快笑容，雙手抱胸陷入沉思。
——棲息於神話中的武器雖然強大，但反過來說使用者也會受限。仁的提案就是為了彌補這個缺點。然而這個提案的關鍵，端看負責精煉的傑克技術高低。究竟他有沒有可能達成這個要求呢？
和詼諧的外表相反，傑克其實也是個深思熟慮的參謀。也就是站在負責評估共同體的今後，並把所有事物都放到天秤上衡量的立場。
他瞪著眼前的材料，低聲說道：
「……仁・拉塞爾先生。」
「是……是的。」

「我等『Will o' wisp』正受到『馬克士威魔王』的威脅。即使如此，你們還是願意與我方並肩作戰嗎？」

聽到這出乎意料的告白，仁和波羅羅同時做出反應。

「『馬克士威魔王』……就是那個北區五位數最高位的魔王嗎？」

「真的嗎？你們能活下來還真行。」

「是啊，我方曾經成功擊退他……不過那傢伙現在仍舊虎視眈眈地打著我們的主意……即使如此，『No Name』也願意和我們一起戰鬥嗎？」

南瓜腦袋中出現了灼熱的火焰。

仁因為這份壓迫感而深吸了一口氣，但明白自己正受到測試的他依然堅持到底。

「……沒有第二句話，只要『Will o' wisp』能為我方製造出最棒的裝備，我等『No Name』就會奔赴蒼炎旗幟之下提供救援。」

仁這麼一說，契約書上就刻下了盟約。

傑克也把手放在契約書上宣誓。

「那麼我就在此發誓吧，必定會將蒼炎能鍛造出的最強裝備獻給你們。」

雙方一起點頭，共同立下堅固的誓言。

旁邊的波羅羅抱著被排斥的感覺嘟起嘴。

「……什麼嘛，只有我一個人顯得很幼稚。」

「呀呵呵，沒有那種事！波羅羅的發言都是些掌握到重點的確實言論！」
「不過也讓人覺得好像有點太酸了。」
仁這麼一說，波羅羅更是氣得連冒青筋。
然而他沒有說出口，只是輕輕嘆了口氣。
「算了，如果你們都已經考量到這種地步，那我也可以幫忙。如果能獲得『No Name』的戰力，老實說的確讓人很放心。」
「呀呵呵！雖然我也不確定是否能確實回應各位的期待，不過我會更加磨練技術！來製造出那幾位專用的裝備！」
「謝……謝謝你！」
仁換上開朗表情低頭道謝。
三人也用力握手，像是在表示彼此想法已經一致。
——「No Name」、「六傷」、「Will o' wisp」成功締結了同盟。最後以「聯盟名和聯盟旗要等最後的共同體加入後再決定」這點為結論，今日就此解散。

幕間

——「Underwood」收穫祭總陣營。

在總陣營的房間中，已經圍著圓桌設置了六個座位。

這是提供給加盟「龍角鷲獅子」聯盟的各共同體代表者的席位，他們必須選出能託付聯盟未來的「階層支配者」。

然而實際前來圓桌赴會的人數卻只有四人。

「一角」首領，莎拉・特爾多雷克。

「二翼」首領，格里菲斯・格萊夫。

「六傷」首領，波羅羅・干達克。

以及擔任顧問的「覆海大聖」蛟劉。

其他共同體則是分別把委託書各交給這三名首領，並沒有親自出席。

其中最年輕資淺的波羅羅面對這個狀況，只能抱著腦袋煩惱。

（搞什麼鬼啊三個白痴老頭……！為什麼把委託書交給要脫離聯盟的「六傷」啊！可惡！

你們最好在收穫祭上因為被麻糬噎住喉嚨死掉或是飲酒過量死掉要不然就是得了糖尿病etc.死掉……！）

波羅羅在內心咒罵著缺席的三名首領，把三千世界的所有詛咒全都宣洩了一遍。他很清楚那些人打著什麼如意算盤。

就算收到了委託書，要脫離聯盟的「六傷」也沒有權利選擇自家同志作為「階層支配者」。所以他們才會把三份委託書均等分配，並形成由「六傷」做出最後判斷的情勢。

就算沒被選上的那一邊提出異議，反正「六傷」也是要脫離聯盟的組織，早就算計好到時反彈的壓力也會往外部發洩。

（跳槽到仁那邊應該是正確的選擇吧……）

「唉～」波羅羅嘆了口氣。

對波羅羅這種態度感到很焦躁的格里菲斯把身子探到圓桌上方，強迫他講出答案。

「你到底在猶豫什麼，『六傷』！如果無法選出任何一方，只要讓『二翼』和『一角』以實力競爭就可以了吧！之前不是已經取得了這樣的共識嗎！」

「是啦，是那樣沒錯。」

要是票源分散就彼此競爭，以箱庭的規則來說這是最簡單的手段。如果要進行堂堂正正的決鬥，波羅羅當然也沒有異議，然而他卻對關鍵的遊戲感到不安。

「之前我也問過，『二翼』打算用什麼遊戲來分出勝負？」

「只要用明天的『Hippocamp 的騎師』來決勝就可以了。由名次較高的共同體繼承『鷲龍之角』，也可以認清彼此的實力，這不是一舉兩得的方法嗎？」

當然是啊，波羅羅內心嘀咕。

擔任「階層支配者」的最低條件是要具備實力，如果無法符合這點根本一切免談。然而如果可能，波羅羅並不想採用這個方法。

（根本連比都不用比，就算受傷的莎拉姊真的出場參賽，也一定是你會贏吧……！）

如果真要把話挑明了講，波羅羅想選擇莎拉。

格里菲斯就算有實力，也欠缺格局。波羅羅判斷只有莎拉・特爾多雷克是能夠順利完成聯盟統合的人才。

然而這種理由只是次要，波羅羅並沒有膚淺到會基於個人判斷來評估候選人的格局。

問題是收穫祭結束之後的事情。決定「龍角鷲獅子」聯盟第一代「階層支配者」的遊戲千萬不能讓世人覺得是一場疑似造假的比賽。

如果要靠著決鬥來分勝負，必須在萬全狀態下堂堂正正決鬥，否則將會留下遺恨。尤其「一角」會因為被迫參加不利的戰鬥而感到受辱吧。

（不過莎拉姊的傷很深，想完全治好需要幾個月……甚至需要幾年。）

然而卻無法等那麼久再選出。

而且就算完全恢復，莎拉也已經失去了一半龍角。實力面上應該和格里菲斯同等或更差吧。

（事到如今，乾脆咬牙準備對抗反彈，直接推薦莎拉妹算了。）

而且還要在理由上寫下「因為格里菲斯不是這塊料！」之類的炸彈發言。

這樣做之後就真的可以和聯盟斷得乾乾淨淨……不過傷腦筋的問題是，波羅羅並不討厭莎拉。所以他希望能盡可能在不給莎拉添麻煩的情況下解決。

那麼到底該怎麼處理才好呢？波羅羅再度開始煩惱——這時一直保持沉默的蛟劉突然站起來主動提議。

「我說，波羅羅。只要附加上條件，用剛才那個提案來解決也行吧？」

「師……師父，您在說什麼啊？」

聽到師父的發言，波羅羅不由得激動大叫。

格里菲斯像是逮住機會般地連忙表示同意。

「不愧是顧問，很明白聯盟的未來。」

「嗯嗯，我也不願意看到德拉科努力成立的聯盟產生奇怪的裂痕嘛。如果能平穩解決那是最好……只是，我可要稍微改變一下條件喔。」

蛟劉咧嘴一笑。波羅羅從師父的笑容裡察覺到他正在盤算著什麼詭計，不過也明白已經別無其他辦法，只能認命開口回問：

「……師父，您說的條件是什麼？」

「哎呀～不是那麼奇怪的條件啦。只是『Hippocamp 的騎師』這遊戲一般觀眾不是也可以參加嗎？所以你們得和其他人一起競爭……不過既然是要決定出下任『階層支配者』的比賽，那麼你們兩個共同體當然能夠獲勝吧？」

笑著的蛟劉露出簡直可以貫穿人的眼光，格里菲斯不由得有些畏懼。

波羅羅瞬間理解這個提案的目的，也配合師父的發言。

「原來如此，的確是這樣沒錯，師父。畢竟再怎麼說這也是決定『階層支配者』的比賽，那麼兩個共同體身為南區的守護者，有義務展現出自身的力量。」

「沒錯沒錯，萬一……是啦，我想應該不可能發生這種事吧？不過萬一候選者輸了，那真是丟了個大臉呢。」

蛟劉瞪大眼睛，眼裡帶著挑釁和壓迫。雖說他是個捨世之人，但這個視線卻毫無疑問是魔王的眼神。被他瞪著的格里菲斯立刻感到冷汗浸濕了背後。明明這男子的提案並沒有什麼異常之處，然而光是被他看著，格里菲斯就覺得恐懼開始從內心湧出。

（這個魔王……！等我一拿到「鷲龍之角」，立刻就會制裁你……！）

格里菲斯用殺意來抑制住畏懼情緒，考慮著如何反擊。

一直保持沉默的莎拉這時靜靜開口：

「——那麼讓『Hippocamp 的騎師』的優勝者來選出下任『階層支配者』吧，要是格里菲斯能優勝，你也只要指名自己即可。」

「妳說什麼蠢話！萬一由不知打哪來的傢伙獲得勝利那怎麼辦？」
「不需要擔心那種事，因為能獲勝者除了我們的英雄──『No Name』以外別無其他可能。如果由他們挑選，不會有任何人表示異議。」
莎拉以彷彿已經決定的語氣如此斷言，她的聲調中含有絕對的信賴。和十六夜等人一起對抗過巨龍的她比任何人都理解他們的實力。
「由於我確信他們可以獲勝，所以暫定規則如下：
①：若『No Name』取得優勝，委由他們從聯盟中指定『階層支配者』。
②：若『No Name』以外取得優勝，則由格里菲斯擔任下任『階層支配者』。
──如何？要是你真能打敗他們獲得優勝，這應該是最完美的提案吧？」
莎拉甩著一頭紅髮，露出傲然的笑容。
感覺受辱的格里菲斯肩膀發抖。
「妳的意思是我等『二翼』……會輸給區區『無名』？」
「哦？憑你們『二翼』能贏過我的英雄們？侮辱和傲慢都該有點分寸吧，你這馬肉。」
這剎那，一道雷光竄過室內。
化為尖銳利矛的閃電瞄準莎拉胸前擊出，瞬間做出反應的莎拉則從下方踢翻圓桌，讓桌子撞向格里菲斯。
被閃電集中的桌子開始燃燒形成隔開兩人的牆壁。格里菲斯將半身變幻回駿鷹的模樣，以猛禽類的眼睛瞪著莎拉。

「……好吧，但採用對等條件就夠了！我會靠自己的力量優勝！其他人優勝時就隨他們指定！但是妳最好先記住，當我成為『階層支配者』時！這共同體裡就沒有妳的容身之處！」

「這句話我要直接奉還給你。」

莎拉拍掉灰塵，格里菲斯則喚出水流撲滅圓桌火焰，怒氣沖沖地離開。

目送他的背影遠去之後——蛟劉感慨地說道：

「哎呀呀……格里菲斯也太好騙了吧。」

「是的，看他那個樣子，根本完全沒有發現到最後『No Name』成了我的代理人。好騙到這種地步，或許反而容易對付呢。」

莎拉掩著嘴角，很有氣質地嘻嘻笑了。

這時波羅羅總算發現他們兩人早就事先套好招了。

「難道……師父和莎拉姊是一夥的嗎？」

「啊哈哈！你未免也太晚發現了，我的好徒弟。」

「抱歉，因為對方警戒我和你接觸。不過多虧蛟劉先生提議的計策，總算得救了。我本來還在苦惱議長位子到底該怎麼辦。」

莎拉對蛟劉露出放心的笑容。

然而波羅羅卻因為她剛剛的發言而突然感到不安。

（不是莎拉姊來拜託師父……而是師父主動提出要幫忙……？）

被取笑是「乾枯漂流木」的蛟魔王居然會……？

波羅羅雖然對這件事感到有點不安，但畢竟獲得了最佳的結果。

他改變想法判斷這種失敬的懷疑對師父太沒禮貌，聯盟會議也就此解散。

第七章

——「Hippocamp的騎師」，參加者待機區。

天氣非常晴朗。原本早上稀稀疏疏地出現一些雨雲，讓天氣看來似乎有轉壞的傾向；不過等過了中午，強烈的陽光就撒向「Underwood」。

參加者們來到設置於大樹水門的開始地點，意氣揚揚地等待比賽正式起跑。

然而在這種充滿活力的情況下——十六夜等「No Name」的成員卻聚集在各共同體被分配到的更衣帳篷前，由仁負責轉述昨天發生的事情。

「——以上就是來自莎拉大人和波羅羅的委託。我們和『二翼』也有過節，請一定要獲勝。」

優勝者可以從聯盟中指定下任「階層支配者」。

十六夜等人像是很無奈地嘆了口氣。

「……原來如此，莎拉竟然把這麼有趣的麻煩事硬塞給我們。」

「不過真希望她至少該事先告知一聲，我真的很擔心。」

「這下只能叫莎拉請我們去吃美食才能補償了。」

耀這麼一說，訝異她居然還沒吃膩的十六夜等人就露出苦笑。

「話說回來租用賽馬的女性參加者還真的全都穿上了泳裝……以白夜叉的提案來說，難得會如此有建樹。」

十六夜感慨地說完，觀察起飛鳥和耀身穿泳裝的模樣。

飛鳥身上仍舊是之前那套比基尼泳裝配上沙灘巾。即使還在發育期間但仍舊算是頗有成績的胸前風景以及耀眼的雪白大腿在沙灘巾的遮掩之下，反而顯得更煽情。看到平常總是重裝備的飛鳥換上大膽暴露的泳裝，總讓人覺得有種新鮮感。

耀則是選擇了完全不同的兩截式泳裝。雖然她的身材和年齡相符而欠缺起伏，不過苗條又勻稱的特質卻相當顯眼。由於穿上兩截式泳裝後身體線條也因此明顯可見，反而比穿上比基尼泳裝的情況更顯得有魅力。

……當十六夜正在品頭論足時，飛鳥紅著臉瞪著他開口：

「等一下，你也看太久了。」

「妳說這什麼話，泳裝本來就是要給人看才有意義吧？妳們兩個都挺性感誘人喔。」

十六夜唰地豎起大拇指，飛鳥更是害羞得滿臉通紅。

而耀則相反，也豎起大拇指回應十六夜。

當三傻的這種胡搞行徑差不多告一段落時，從更衣室內傳出正在換穿泳裝的黑兔的聲音。

「讓……讓各位久等了……」

結果只有兔耳從帳篷口冒了出來。總覺得似乎有點泛紅，應該不是錯覺吧？

已經換好泳裝的飛鳥和耀以似乎已等得不耐煩的態度抓住兔耳，毫不留情地往外一扯。

「「嘿呀！」」

「嗚啊！」

黑兔無法抵抗被拖到了帳篷外，而這個動作也導致她的胸部很妖艷銷魂地晃動。

「……哦？」

十六夜的視線緊盯著那搖晃的胸部。

黑兔的服裝——是裝飾著可愛花邊的煽情比基尼泳裝。

這身泳裝讓宛如白雪的柔軟肌膚大膽暴露在外。不管是豐滿的乳房還是發育良好的美腿，今天外露的部分都比平常更多。明明無論是胸部還是腿部都很豐盈有肉，但是外型卻沒有出現任何一丁點變形，勻稱均衡的美麗肢體即使形容成一種造型美也不算過譽。

看到這和稚氣臉蛋相反的蠱惑身材讓眾人一起倒吸了口氣。

「……十六夜同學，所謂的『挺性感誘人』應該是在形容這種模樣吧。」

「什麼傻話，這樣叫做超級性感誘人好嗎？」

「嗯，真的很誘人。」

「各……各位沒有其他感想嗎……」

黑兔連吐嘈的力氣都擠不出來，依舊面紅兔耳赤。

對於貞潔的黑兔來說，穿上如此暴露的泳裝應該是相當需要勇氣的行為吧？結果感想卻全都是如此低俗的發言，讓她實在很傷心。

十六夜似乎察覺到這一點，笑著開口補充。

「我說妳可以對自己有信心啊。即使看遍整個『Underwood』，妳還是最可愛的一個。這點我可以保證。」

「……是……是這樣嗎？」

這直接的發言讓兔耳變得更紅。或許是多心，黑兔總覺得心臟似乎也跳得更快。

之後沒過多久，河邊就響起提醒參加者們集合的鐘聲。

＊

──「Hippocamp 的騎師」，地下都市觀戰會場。

即使來到收穫祭的第三天，宴會依舊繼續舉辦著。

喝醉了睡，帶著宿醉醒來，然後再喝到醉倒睡著。能持續過著這種極不健全的行為，也是收穫祭的醍醐味吧。

其中特別引人注目的活動，就是由名為「拉普拉斯小惡魔」的小小群體惡魔把斷崖當成螢幕並投射出影像的「Hippocamp 的騎師」。

——據說「拉普拉斯惡魔」可以預知未來，而「拉普拉斯惡魔」的終端就是「拉普拉斯小惡魔」這種群體惡魔。她們具有壓倒性的情報收集能力，還擁有能夠將收集到的情報傳輸給本體的能力。

然而由於現在本體處於休眠狀態，所以她們被另外派任的工作就是這個。

「如同投影機般播放出收集到的情報」——這就是她們的兼差工作。這份能把恩賜遊戲的情況傳達給觀眾的能力，現在已經受到箱庭都市全體的喜愛。

這場比賽除了參加者以外，其他人也能夠下賭注同樂。

也有不少人手中緊握著自己購買的彩票。

在這種熱烈的氣氛中，穿著泳裝的可愛三人組少女正背著裝有飲料和結冰水果的籃子四處叫賣。

甩著兩根尾巴，笑容滿面的莉莉。

一臉提不起勁的珮絲特。

還有將草帽帽沿拉得很低的蕾蒂西亞。

「要不要來一杯『斑梨』果汁潤潤喉呢～？也有其他冰品～！才剛做好，又冰又脆非常好吃唷～♪」

「……雖然有斑點，但不會讓人得到黑死病喔～」

「妳講那種話聽起來一點都不好笑，所以別說了。」

冒著冷汗擔心會被人發現的蕾蒂西亞把草帽用力往下拉，一邊開口制止珮絲特。

比平常更沒幹勁的珮絲特嘀嘀咕咕抱怨一陣後嘆了口氣。

只有唯一看起來很開心的莉莉又賣出了一個「斑梨」製的冰品。

「感謝惠顧！」

「哎呀哎呀，小姑娘們也加油喔。」

「啊，我這邊也要一個～！」

莉莉「唰！」地豎起狐耳四處奔走。說不定在她的體內裝設著只要持續工作就能精神百倍的永動機。

一臉沒好氣的珮絲特總算賣掉一個，對著蕾蒂西亞發問：

「不過是怎麼了？我還以為妳不來。」

「我原本也不打算來……但是莉莉哭著找我幫忙，說什麼再這樣下去無法達到目標金額還是什麼——」

蕾蒂西亞話講到一半，就看到畫面中主持人已經來到舞台上，而舞台角落還設置了實況播報席。

舞台角落的實況播報席由身穿和服的白夜叉和監督她的女性店員負責。只見白夜叉手上裝模作樣地握著麥克風，這個糟糕神從一開始就非常起勁。

接下來畫面映出了——

「不好意思讓各位久等了！那麼從現在開始，就要舉辦『Hippocamp 的騎師』！負責主持的人依舊是大家熟悉的黑兔——」

————嗚喔喔！

黑兔一登場，就傳出了驚天動地的歡呼聲。

「呀嗚！」黑兔抖著兔耳嚇了一大跳。雖然她本身沒有自覺，不過她大膽的泳裝就是如此有魅力又能蠱惑人心。

看到黑兔的美麗肢體暴露在外，讓會場充滿了熱氣和吼聲。

「黑兔的泳裝打扮萬歲！黑兔的泳裝打扮萬歲！」

「白夜叉大人萬歲！白夜叉大人萬歲！白夜叉大人萬歲！」

「真是來對了……終我等一生無怨無悔！」

噗！在場的無知眾生紛紛吐著血倒下，看樣子是因為太過興奮。

珮絲特以看著廚餘堆的冷酷視線望著眼前光景，照順序送這些傢伙上路。蕾蒂西亞輕輕地蓋住莉莉的眼睛，帶著她離開現場。

＊

——「Hippocamp 的騎師」舞台角落的實況轉播席。

白夜叉一邊感受信仰心確實聚集到自己身上，同時從和螢幕畫面不同的角度死盯著黑兔的屁股。

「真了不起……！講到『月兔』的兩百歲，應該頂多才進入第二次成長期而已，結果卻可以發育得這麼性感誘人！哎呀真的非常了不起！妳不這麼認為嗎？」

「……我不清楚！」

女性店員以比平常憤怒五成的語氣回應。

她也沒有穿著日式圍裙，而是穿著比基尼泳裝來到實況轉播席。大概是因為無法違抗店長的命令吧？她的周圍充滿了怒氣。

不過以客觀角度來看，她穿著泳裝的模樣也十分有魅力。

由於平常都藏在日式圍裙中，因此她的肌膚沒有任何瑕疵非常美麗，具有女人味的胸部隆起也發育得穠纖合度，不會過於強調存在感。

放下頭髮的女性店員就如同一朵清秀花朵般惹人憐愛。

白夜叉很滿意部下改頭換面的成果，並開始對著觀眾和參加者們發言：

「那麼～諸位！在遊戲開始前，我要先講一句話——黑兔妳看起來真的很性感！」

「請您趕快宣布開始啦！真是大傻瓜！」

砰！從舞台中央丟過來的石頭刺中白夜叉的後腦，流出鮮血。

大概是因為紙扇實在打不到這麼遠的地方。白夜叉沒去管刺在頭上看來很痛的石頭，只「嗯哼」咳了一聲重新聚集眾人的注意力。

「那麼真的只講一句話——黑兔真的很性……」

咔！砰！咚！

「嗯，我也不願意繼續受皮肉痛所以還是進入本題吧。我想大家應該都知道，這次的收穫祭中我等『Thousand Eyes』也推出了許多攤位！不過很遺憾，實在沒有時間進行舉辦遊戲的準備工作。因此我考慮再三……決定在此宣布，能在這場『Hippocamp 的騎師』中獲勝的參加者將由『Thousand Eyes』贈送喜歡的獎品！」

白夜叉意氣揚揚地這麼說完，觀眾席就同時傳出狂熱的歡呼聲和惋惜自己沒參加的嘆息聲。至於焦急等待遊戲開始的參加者們也是一樣，他們的眼中和心中一口氣燃起野心的火焰，空氣裡也開始瀰漫出緊張的情緒。

握著韁繩的飛鳥也在這種緊繃氣氛下顯得相當緊張，她望著位於遠處的斐思．雷斯，再度下定決心。

（要是我們沒拿到優勝，莎拉就會被拉下議長的位子。無論對手是誰，我都不能讓對方妨礙我！）

位於大河兩岸的十六夜和耀，還有被迫出場的白雪姬也彼此以視線溝通並互相點頭。

黑兔移動到舞台的正中央，進行規則的最後確認。

「那麼接下來由人家在此針對『Hippocamp 的騎師』的遊戲規則進行最後確認！

一、只要落入水中立刻喪失資格！但是允許登上河岸或陸地！

二、前進時只能使用大河！進入荒佐野樹海後會出現很多叉路，各位參加者請憑自己的直覺前進！

三、到達折返地點的山頂後，必須取得叢生的『海樹』果實再回到終點！以上！」

黑兔一講完，白夜叉就張開雙手準備發號施令。

「那麼各位參加者，去取得指定的物品，比任何人更快來回馳騁吧！

我在此宣布『Hippocamp 的騎師』開始！」

＊

——開始宣言後，剎那間閃過道道劍光。

在白夜叉拍手的同時，斐思·雷斯也拔出如同蛇蠍的魔劍，砍倒了範圍內所有參加者——不對。

正確來說，她沒有傷到參加者的任何一根寒毛。

這個面具騎士是在轉瞬之間就把參加者們的泳裝全部斬成了碎片——！

「咦……呀啊啊啊啊啊啊啊啊啊啊啊！」

下一秒尖銳的驚叫聲此起彼落。泳裝被割破的人們雖然連發生什麼事都還沒弄清楚，但為了藏住自己的裸體紛紛落馬跳入水中。有些男性騎師身穿鎧甲，然而斐思·雷斯甚至沿著縫隙將鎧甲斬斷，不容分說地讓對方一絲不掛。

而且這個「脫衣兇手」在這段期間內依然悠哉策馬前進，一靠近其他參加者就動手把對方身上的泳裝或其他服裝砍碎。雖然因為帶著面具所以無法得知她的表情，然而這樣反而更顯得恐怖。無論如何，這真是驚人的絕技。

另一方面，飛鳥靠著十六夜丟出的石頭勉強逃過一劫。然而面對這令人畏懼的絕技，她的內心已經大受挫折。

（這……這是什麼恐怖行為……！）

昭和女子代表，久遠飛鳥因為過度害怕而渾身瑟瑟發抖。

難道只要是為了追求合理性，就可以如此不顧廉恥嗎？

或者是所謂「萬聖節女王」的寵臣必須捨棄感情到這種地步嗎？

無論如何，雖然這實在很蠢卻是最好的方法。一旦遭受攻擊，只剩下水中可以藏身。以恩賜遊戲來說，這是極為理所當然的選擇。

然而負責主持的黑兔已經因為不像是比賽的不知羞恥光景而說不出話。

至於負責報導實況的白夜叉則完全相反，她和會場觀眾連成一氣表現出熱烈的反應。

「呵，不愧是我仇敵選中的騎士！沒血沒淚的冷酷判斷力和不會傷害肌膚只破壞泳裝的劍技！雖然是競爭對手的臣子，但依然讓我不得不稱讚很好盡量繼續吧呀呵～～～～！」

「「「呀呵～～～～～～～～～～～～～～！」」」

（……都是些大傻瓜！）

原本因為這身泳裝而感到很不好意思的黑兔……現在卻打心底慶幸自己沒去參加比賽。

＊

——大河岸邊，領先集團的助手群。

一群馬頭魚尾怪形成集團，濺起水花沿著大河水面往前進。

斐思．雷斯出手之後，騎乘著馬頭魚尾怪的參加者瞬間就減少為十分之一；託她的福十六夜等助手之間的戰鬥也很快分出勝負，現在參加者又減少了一半。為了幫助飛鳥而丟出石頭的十六夜一邊往前跑，一邊彎著腰大聲爆笑。

「可惡！那個面具到底是怎樣！原來她是這麼有趣的傢伙啊！」

「夠了！主子！現在是開這種玩笑的時機嗎！正因為這樣連我也被脫得一絲不掛！」

十六夜的恩賜卡中傳出白雪姬的聲音。

看來她沒能徹底避開斐思．雷斯的劍氣，泳裝也慘遭破壞。在泳裝被斬碎暴露出身體的下一瞬間，白雪姬立刻迅速躲進了恩賜卡裡。

「不過真是可惜，沒想到隸屬關係居然在這種情況下造成負面影響。」

「你白痴嗎！如果要被那些烏合之眾的視線侮辱，我寧願貫穿肝臟去死！」

「哦？我倒是看得一清二楚啦。」

「…………」

白雪姬不再說話，看來是鬧起了彆扭。

十六夜嘴上雖然不饒人，但也無法否認光是要救飛鳥就讓他分不開神。更何況白雪姬再怎麼說也是水神，卻在一開始就退出遊戲，這點對他們也是相當嚴重的傷害。

一行人為了獲得情報，豎起耳朵傾聽黑兔以主持人身分播報的狀況。

「現在領先集團共有五匹！首位是『Will o' wisp』的斐思．雷斯！第二是『No Name』的久遠飛鳥！以下從第三到第五都是『二翼』的騎師們，正在猛烈追趕！」

十六夜沿著岸邊奔跑並仔細分析情報。

看來格里菲斯安排複數的騎師和助手參賽。

這些人還留在場上的確多少有點棘手，如果可能，十六夜想儘快除掉他們……正確說法是，不管是不是為了比賽他都想解決她們。

如果挨打要還雙倍，受辱要還一萬倍才合乎行情——這是十六夜受過的教育。

（話雖如此，要是我不出手幫忙，根本無法贏過那個面具騎士大人吧。）

好吧，接下來跟怎麼做呢？十六夜動著腦筋思考。

這段期間內比賽依然繼續進行，戰況也開始改變。

「領先集團到達荒佐野樹海的分歧點了！從這邊開始，路線選擇將會成為勝負的關鍵！請各位相信自己的直覺往前衝！」

逆流來到大河上游後，就到達了荒佐野樹海。

蓊鬱茂盛的樹木遮蓋陽光，形成一片陰暗的森林。這樣一來，萬一臨時有何變故十六夜將無法保護飛鳥。

「喂！大小姐！靠過來我這邊，然後盡量選比較狹窄的河道！」

「我知道了！」

飛鳥操縱韁繩，讓賽馬靠近十六夜這邊的河岸。十六夜想告訴耀同樣訊息並把視線朝向對岸——卻發現那裡沒有任何人影。

「……春日部？」

雖然十六夜心中抱著疑問，但也不能叫馬停下來。

兩人就這樣直直往前進，踏入荒佐野樹海的深處。

＊

——荒佐野樹海，「二翼」前進路線。

河川流經了樹木蓬勃生長著的樹海，這片寬廣又低矮的樹海被許多幻獸當成棲身之處。往南穿過樹海之後會來到一個小湖的遺跡，但那裡似乎因為會喚來旱魃的魔獸而枯竭了。因此樹海裡充滿了移住到此的幻獸們。

「二翼」一行人在彷彿能聽到那些幻獸呼吸聲的大河中心中聚成一團前進。

格里菲斯選擇了幻獸的外型，以助手身分參加遊戲。

雖然牠能行使人化之術，但恐怕無法忍受自己以人類外型參加比賽吧。因此牠安排其他成員擔任騎師，自己則打著從空中排除競爭者的主意。然而因為斐思・雷斯造成大量的參加者退出比賽，現在專心負責保護騎師。

（我等早已掌握穿越樹海的最短路線！那些白痴，就在樹海裡盡量迷路吧……！）

一群幻獸沿著樹海中的河道往上游逆行。

空中有格里菲斯率領的兩名有翼人，地面有五名部下負責保護騎師。進行恩賜遊戲時，組織力是重要的籌碼之一，一個能確保人才的共同體，光靠這點在遊戲裡就能占得上風。

要對建立起全方位保護的這一行人發動奇襲具備相當難度。更不用說擁有猛禽類視力的「二翼」成員們具備了卓越超群的視力，已在前後配置擁有夜視能力的成員來負責探查樹海狀況的現在可說是萬全的狀態。所謂「群體」就是強大到這種程度的武器。

——不過前提條件是，對手只能是一般人。

「格……格里菲斯大人……！」

「怎麼了？」

「前方有什麼東西在發光！」

那是一個綻放出耀眼光芒的小小人影。才剛看到這個人影，兩名有翼人連眼睛都還來不及眨，就被往後方打飛出去，接著重重摔入大河裡。

「什……什麼！」

大河中心濺起水花，馬頭魚尾怪也驚慌失措地發出嘶吼聲。

騎師們停止前進想讓賽馬冷靜下來，但格里菲斯立刻開口怒斥：

「不准停下來！你們這些白痴！無論如何都要強迫馬匹前進！」

「不……不可能！再這樣下去說不定會橫倒！」

嘖！格里菲斯咂舌並擺出備戰態勢。牠已經預測到襲擊者的真面目，畢竟世上不會出現那麼多個有能力放出璀璨旋風的人。
牠張開鷲翼，放出閃電與旋風威嚇對方。
「妳是來解決之前的舊怨嗎，小丫頭——！」
在牠發出怒吼的同時，襲擊者——春日部耀也在轉瞬之間出現在眾人眼前。
耀裝備著靠「生命目錄」建構出的「光翼馬」護腿，擋在「二翼」一行人的前方。接著她挺起小小胸膛，自信滿滿地回嘴：
「……我這邊可沒有什麼舊怨，我只是基於戰略上的考量所以要來解決你們。」
「居……居然這麼瞧不起我……！」
閃電呼應著格里菲斯的憤怒情緒四處亂竄。不過耀的主張其實有一半為真，她從上空確認之後，發現「二翼」進入了前往折返點的最短路線。
長期居住在「Underwood」的他們應該很熟悉這地區的地形吧。耀以直覺判斷必須率先打倒「二翼」，而且也很精彩地猜中了。
「從這邊開始，我不會讓你們再前進半步。」
「說什麼大話！猴子小丫頭！」
激怒的格里菲斯操縱起閃電、旋風和水流，五名部下也跟著牠行動。
耀利用璀璨旋風和護腿飛翔，和「二翼」展開了正面衝突。

＊

在樹海內往前急速推進的十六夜和飛鳥選擇的路線並不是太過迂迴的路線。雖然入口只是條小溪，但從途中起就維持著小船可以通過的寬度。

除了偶爾有些漂流木被丟著不管，否則應該算是還不差的路線吧。

只不過前提是——這條河不能被其他幻獸當成勢力範圍。

「大小姐！右下！要小心！」

「我知道！」

飛鳥拉動韁繩勉強閃過來自水中的襲擊。

從水中躍出的幻獸是和馬頭魚尾怪同樣擁有馬匹外型的「水靈馬（Kelpie）」。

牠們與其說是精靈反而更近似怨靈，應該是死於樹海的靈群之聚集體吧。萬一被嗜食活生物肉的牠們抓住，將會有性命危險。

十六夜也靠著石頭應戰，不過由於水靈馬原本就是靈群的集合，所以會立刻再度聚集並恢復外型。要是以拳頭毆打牠們或許結果會不同，但遊戲規定助手不可以進入河川內。雖然還有跳躍這一招，但考慮到萬一的情況，還是不能過於衝動。

「可惡！總之維持現狀！大小姐妳就這樣直接衝過去吧！」

「好！西波波先生！全力疾走吧！」

飛鳥揮鞭策馬，馬頭魚尾怪就發出嘶吼聲用力踩踏水面。雖然有些水靈馬被拋向後方，但由於速度提高，導致飛鳥面對來自正前方的襲擊時慢了一拍。

「嗚！可惡……！燒掉吧！」

飛鳥舉起裝有發火寶珠的護手去碰觸水靈馬。雖然水靈馬的全身由水分和魂魄構成，卻只消一擊就被燒乾，彷彿這些條件根本沒有影響。

水蒸氣讓視線一時被遮住，但飛鳥還是靠著天生的倔強性格不斷催促賽馬往前奔馳。她直覺認為這裡就是會分出勝負的重點。

看到賽馬因為飛鳥的命令而展現出近乎快一倍的速度，十六夜有些讚嘆。

（哦……真的能夠強化恩賜和幻獸呢。）

尤其當對象是恩賜時，還擁有能讓靈格最大化的特殊力量。

雖然因為飛鳥本身的身體能力偏低所以無法完全發揮……

（不過只要能克服這一點，說不定大小姐會相當派得上用場……？）

飛鳥目前裝備著的發火恩賜必須直接接觸對象才能使其燃燒，這是起因於恩賜本身的力量輸出太低。換句話說只要她擁有強大火力的恩賜，恐怕連讓周遭一帶全都化為焦土的誇張成果都有可能辦到。

「……下次跟傑克商量一下好了。」

「商量什麼？」

「不，我是自言自語——哦？通過了！」

通過樹海之後，兩人聽到從水流從斷崖絕壁上落下造成的聲響。

斷崖造成的瀑布讓周圍充滿水霧，視線還很難說是良好。

黑兔雖然說明過折返點在山頂上……但就算是馬頭魚尾怪，也不可能爬上這個瀑布吧？

「這個瀑布……是從相當高的懸崖沖下來呢。」

「是呀，我想繞個一圈應該可以找到通路吧？」

「是啊……」十六夜隨口回應。

若說這只是普通的瀑布和河川，在嗅覺上總覺得有哪裡不對勁……不過再怎麼說大概也只是自己多心吧？十六夜甩了甩頭，開始沿著山中河川往上爬。

*

——荒佐野樹海，「二翼」前進路線。

「就是現在！所有人一起上！」

算起來這是第三次的空中衝突。耀雖然遭受全方位的包圍，但早已預測到這狀況。為了迎擊，她將原先聚集在手中的璀璨旋風朝著周圍解放。

彷彿能把對象物拉扯並扭斷的強烈旋風把格里菲斯的部下們捲上半空並重重摔下。

「二翼」剩下來的成員只有一名騎師和格里菲斯，然而格里菲斯自己也全身上下都是輕傷，抖著肩膀大口呼吸。

相對之下，耀卻連大氣都不喘一下。開戰到現在，她的重點一直是要讓騎師落馬，也就是把「對共同體的勝利做出貢獻」視為最優先事項。

「可惡……只不過是一隻下等的猴子，居然把我等『二翼』……」

格里菲斯擠出如同呻吟的聲音。

耀也難掩對自身力量的驚訝。

（……真厲害。要是不久之前的我，應該還一籌莫展才對。）

先是因為和巨人族交戰而提高了身體能力，把光翼馬的恩賜裝備在身上之後，又成功讓獅鷲獸的旋風提昇了好幾倍。就連先前充滿無謂動作的飛行，也在能夠操作力場之後讓這些多餘都消失了。

（如果是現在……我或許能挑戰更高難度的遊戲。）

耀還偷偷持有好幾種幻獸組合。

如果那些全都能實際化為裝備，到底可以形成多大的戰力呢？

父親製造的「生命目錄」中，究竟還隱藏著多少可能性呢？

光是想像，就讓耀覺得心跳加速。

（不過現在我得集中精神面對眼前的遊戲。）

耀把意識放回格里菲斯身上，以銳利眼神瞪著對方。牠的言行絕對不可以輕饒。

代替十六夜失去羽翼的格利。

為了飛鳥而折斷龍角的莎拉。

無論如何，自己都無法原諒嘲笑這些傷的傢伙。

（我爭取了這麼多時間，應該已經沒問題了吧？）

對共同體應盡的義務已經完成了。

接下來，要為友人們盡一份道義。

「……我想差不多該結束了吧。」

耀讓「生命目錄」恢復成項鍊，降落到地面上。看到她突然解除武裝讓格里菲斯吃了一驚，但立刻詫異回問：

「妳是什麼意思……！」

「以下一次出招作為最後一擊吧。為了算清之前的侮辱，我要從正面擋下你的全力……也就是徹底投入所有後使出的一擊。」

「嗚……！」

格里菲斯無法理解這句話的意思，只能以困惑的眼神回瞪著耀。

耀的眼中散發出更強烈的光彩，並提出明確的宣言：

「因為你似乎對自己的血統自鳴得意，所以我要把你引以為傲的『獅鷲獸』和『龍馬』的血——把這一切全都強制摧毀，擊碎你的驕傲……！」

耀告訴格里菲斯，自己將要打碎牠源自血統的自負。

以用來償還嘲笑友人負傷的罪過。

「——……別得意忘形……妳這個連羽翼都沒有的下賤猴子……！」

歷經一而再再而三的挑釁和侮辱，累積的憤怒讓格里菲斯的表皮產生了劇烈變化。

象徵龍馬的鱗片不消多久就蔓延至全身，化成覆蓋整體的鎧甲。格里菲斯捨棄過去一直很重視的獅鷲獸部分，連頭部都變幻成龍的模樣。

牠全身散發出發光的粒子，頭上還長出耀眼神聖的翅膀和龍角。

耀面無表情地旁觀著這戲劇性的變化——

（……咦？糟糕，我會不會說得太過分了一點？）

不過內心卻有點害怕。沒想到格里菲斯發怒後還能長出龍角，這可出乎她的預料。

完全被惹毛的格里菲斯在身體化為鷲龍後，成為沒有理性的幻獸開始往前疾衝。

「——GYRUAAAAAAAAAAAAaaaaaa！」

衝刺，接著傳來爆炸聲。而且不是一般的爆炸聲。

那是大氣摩擦熱造成的熱膨脹——換句話說就是雷鳴。

格里菲斯的身體和刺眼光線一起化為閃電，以遠遠超過獅鷲獸的速度逼近耀。

（用光翼馬無法完全擋下……！既然如此，就使用更高位的幻獸——！）

——耀往前舉起「生命目錄」，從格里菲斯的外型聯想到新的幻獸，讓生命因子組合重疊來架構出裝備。

運用演化樹的是五行思想的中心，具備崇高仁德的三百六十種獸王。以麒麟獨角為藍本製造出的武器是——長度恐怕有耀身高兩倍的巨大長矛。

「GYRUAAAAAAAAAAAAAaaaaa！」

化成鷲龍的格里菲斯用剛長出來的龍角撞擊那把長矛並往前衝刺。然而耀手中的長矛原型也和敵人相同，都是帶有閃電的龍角。

也是通稱「麒麟」的獸王之象徵。

（沒問題，可以擋下來……！）

兩根龍角彼此對立衝突，讓大河與樹海也隨之振動。

猛衝的力道已經完全抵銷，接下來就只是單純的雙方力量較勁。

光熱和閃電的碰撞讓岸邊樹木起火燃燒，衝擊造成地盤掀起甚至還開始融化。擁有巨人族腕力的耀藉由使出全力，慢慢壓倒對方。

化為鷲龍失去理性的格里菲斯憑本能領悟到自己處於劣勢。

用鉤爪踩踏大地的格里菲斯把長矛往上空頂起，並衝向露出破綻的耀胸前。

「GYRUAAAAAAAAAAAAaaaaa！」

「是……是這邊！」

耀沒有抵抗長矛被龍角往上頂而造成的反作用力，反而以畫了個大圈的動作來揮舞長矛。讓巨人族的腕力加上鷲龍的力道，最後再利用離心力來重擊格里菲斯的背部。

這出乎意料的反擊讓鷲龍全身痙攣並發出慘叫。

「ＧＹａ……！」

耀狠狠敲擊鷲龍的背部，連同鱗片形成的鎧甲也一併擊碎。不過刀刃已經磨去，應該沒死吧。格里菲斯昏過去之後繼續抽動了一會，不久之後才完全靜止。

「格……格里菲斯大人居然……！」

發出慘叫的是一直楞楞旁觀兩人戰況的「二翼」騎師。

耀的意識一轉移到他身上，對方立刻「噫！」地慘叫一聲，跳進河裡逃走。

「……呼。」

耀確認周遭是否還有其他人在場的徵兆。

結果只有「二翼」的助手們七橫八豎地倒在地上。

轉身眺望一圈之後，春日部耀高舉起右手。

「……勝利。」

她擺出Ｖ手勢，對著在遠方的觀戰者們發出勝利宣言。

*

——「Hippocamp的騎師」，地下都市的觀眾席。

觀賞過春日部耀和格里菲斯的戰鬥之後，觀眾們顯得更加狂熱讓現場氣氛也隨之高漲。

「沒想到格里菲斯大人居然能長出龍角，實在了不起！」

「不過那個對手居然能打倒牠，果然不是普通的『無名』！」

「那當然！那個人可是摧毀『六傷』糧食庫的女孩啊！」

因為觀賞到白熱化的戰鬥，讓觀眾們也同樣共享著這份滾燙情緒。

面對實力伯仲的敵人，全面施展權數謀略彼此爭戰正是恩賜遊戲的精華。而現在這些對抗較勁的情形還能被播放出來供大家觀賞，沒有比這更棒的娛樂。

白夜叉把手伸向放在膝上的小不點惡魔——「拉普拉斯小惡魔」，摸了摸對方頭部之後才望著下方盛況展露笑容。

「嘻嘻，帶妳們來果然是正確的決定，拉普子。」

「能獲得您的讚賞是我們的光榮。」

一名身穿紫色連身裙的小惡魔回應了白夜叉的發言。

身為司令官應該就是她和其他四人服裝顏色不同的原因吧。其他四人擅長收集情報，而她的力量就是從她們那邊接收情報，並在這裡轉換成畫面。

簡而言之就是類似收訊機的東西。在映出畫面的斷崖上，可以看到春日部耀正對著觀眾席揮手並發表著勝利宣言。

「居然可以輕鬆打倒覺醒的格里菲斯，還不到兩個月就成長到這個地步……拉普子，『生命目錄』到底是什麼樣的恩賜？」

被白夜叉以暱稱呼喚的小惡魔歪著腦袋笨拙地回答：

「非常抱歉，即使搜尋母親的記憶，過去也沒有符合的恩賜。」

「唔，是嗎？」

「……只是，過去曾經出現類似的物品，只要給我一些時間應該可以找出真相。」

「不好意思，那就麻煩妳，可以等有空時再向我報告……話說回來，妳有想吃的東西嗎？」

「那麼，請給我一片斑梨。」

拉普子拿到一片跟自己一樣大的斑梨，開始發出清脆響聲努力啃了起來。

另一方面，這時在舞台上的黑兔也開口再度報導比賽實況。

「率先在折返點出現的是——『No Name』的久遠飛鳥！現在尚未看到其他參加者的身影！難道她會就這樣獨自領先到最後嗎！」

黑兔左右搖晃著兔耳，眉開眼笑地報導著實況。

——然而這時她還沒有察覺。

有一名較晚出發的參加者……正以非比尋常的速度接近他們。

＊

——逆迴十六夜之前的不對勁感果然沒錯。

吹過山頂的風刺激著鼻腔，在肌膚上留下的黏膩感之後才通兩人身邊過。從生命熔爐湧出的水雖然散發著新鮮的氣息，然而卻似乎也帶著點懷念的氛圍。

眼前的蔚藍水平線向外延伸。

沿河登上山頂之後，兩人面前出現了無邊無際的——一整片遼闊海洋。

「哈……哈哈！不愧是箱庭的世界！雖然我之前就已經做出有海洋的假設，但沒想到……我真的沒有預料到山頂上會有海！」

十六夜來到岸邊，張開雙手對著蔚藍大海大叫。

——以前十六夜看過棲息於托力突尼斯大瀑布附近的海魚。雖然造型多少有些改變，但原型果然和棲息於海中的竹夾魚相同。這引起十六夜的注意而去調查了瀑布附近的水質，驗出了大量類似海水的成分。

十六夜一直以為是在上游混進了海水，然而他完全沒有想像到會是來自於山頂的大海。

（這也就是說，箱庭越靠近上層就位於越高的地方嗎？既然放眼望去全都是水平線，那麼或許會有一部份外門完全沉在海中……？）

「十六夜同學！那裡有長在海上的樹！應該就是什麼海樹吧？」

埋頭推測的十六夜聽到飛鳥的聲音後才回過神。

她指出的地方有大小不一的樹木林立在海岸或海面上，樹稍還長著大紅色成熟果實，在陽光照耀之下顯得很好吃。

「哦哦……很好太棒了！看來這部分也很值得期待嘛。」

十六夜以非常開心的笑容靠近並攀爬上樹，摘下果實。把散發出的香甜味濃厚到甚至不輸給海風的海樹果實塞進行李袋裡後，兩人一起背對水平線。

「其實我很想稍微玩一下再走……」

「好好好，下次再來，現在要以遊戲為優先。」

難得受到飛鳥的勸戒，十六夜只好心不甘情不願地準備沿河往下。

到此為止他們都是逆流而上，不過接下來只要順流而下回到「Underwood」即可。「二翼」的格里菲斯已經淘汰，至於另一個強敵——

「——嗚！十六夜同學！她來了！」

飛鳥收起放鬆的心態，擺出備戰態勢。選擇其他路線上來的斐思·雷斯正在猛烈追趕，掀起陣陣水煙。

來到山頂的她一認清飛鳥等人，嘴邊就浮起淺淺的笑容。

「……果然只有你們到達這裡嗎？」

斐思·雷斯從恩賜卡中拔出愛用的鞭劍，一瞬間就把海樹果實塞入袋中。這下可以說「No Name」占得的優勢已經完全消失。

「真是的，都是因為十六夜同學你顧著看海才會這樣……！」

「啊，嗯。這次真的很抱歉。」

十六夜老實為自己過於興奮的事情道歉。不管怎麼看，在時間上的損失都是十六夜的責任。對令人感動的事物沒有抵抗力說不定是他最大的弱點。

斐思·雷斯轉動鞭劍的劍柄，解除劍身上的機關，接著她握起韁繩，在沒有表情的面具下燃燒著鬥志。現場充滿了一觸即發的空氣。

雙方都在互相刺探可以開始行動的機會。

如果隨便亂動，斐思·雷斯應該會落馬，而飛鳥會被脫光。

「……嗚……？」

這時，海邊發生了異變。

腳下地面開始緩緩晃動，似乎連海浪也變高了。十六夜和飛鳥原本警戒著由地震引起的海嘯，然而他們立刻明白這是錯誤的推論。

唯一注意到原因的斐思·雷斯仔細注意著來自下方的威脅。

「……怎麼可能，他居然為了這種跟玩樂沒兩樣的遊戲而行動？那個被取笑為『乾枯漂流木』的男子怎麼會……！」

斐思．雷斯像是在囈語般地喃喃講出了一些不像她會說的發言。

以瀑布下方為震源的地鳴聲越來越強烈，之後如同火山噴發般地掀起了一道水柱出現在眾人眼前。那道幾乎直達天上的水柱上，有著一匹賽馬跟一個人影。明白先前的地鳴聲就是造成大河和瀑布逆流的原因後，眾人都因為這絕技而感到膽顫心驚。

「哎呀～傷腦筋傷腦筋！因為睡過頭，結果醒來就這時間了！還特地請她硬把我加入參加者名單中，這下對白夜王真是過意不去啊。」

雖然還是使用著怪怪的可疑關西腔，然而散發出的氣質已經不再帶有昨晚為止的親切。突然出現的最後一名參加者——蛟魔王把淋濕的頭髮往上一撥，看了十六夜等人一眼。

「不過太好了，多虧你們在這邊拖拖拉拉，讓我這麼簡單就追上了——這樣一來，想必獲勝也不是難事吧。」

蛟魔王以絕對的自信和霸氣如此宣言。

最強的參賽者出現後，「Hippocamp 的騎師」帶著膠著情勢進入後半戰。

第八章

——叮鈴，清脆的鈴聲響起。

背對著新月的白夜叉以充滿慈愛的笑容開口：

「如果你真的希望……我也可以讓你和『齊天大聖』見面。」

「……妳說什麼？」

「但是，我有兩個條件：

一、協助莎拉·特爾多雷克順利成為「階層支配者」。

二、在「Hippocamp 的騎師」中獲得優勝。

只要你願意接受這兩個條件，就由我親自召喚悟空前來箱庭吧。」

白夜叉甩著銀髮露出笑容，放射出微微陽光的一頭銀髮隨風飄揚，更增添了幾分神聖感。

她身上散發出不像是來自女性的存在感和壓迫感，講著花言巧語蠱惑蛟劉。

「要讓你停止的時間再次開始流動，除了孫悟空之外又有誰能辦到？身為與你相識之人，看到你現在的樣子……被取笑成『乾枯漂流木』的樣子，實在令人痛心。」

「…………」

「如果你不相信那也無所謂。只不過一旦放過這次機會，下次的機會可就是百年後甚或是千年之後喔。我是認為你沒有拒絕的理由啦。」

白夜叉打開扇子掩住嘴角。扇子後方究竟是笑容呢？還是不屑呢？蛟劉以試圖試探的眼神瞪著白夜叉。

兩人暫時對看了一陣子，先失去耐心的人是蛟劉。

「……哼！畢竟是來自白夜王大人的甜言蜜語，試著被騙或許也是一樂……不過真的可以嗎？要是我出場，遊戲本身就會亂七八糟喔。」

「這個嘛，會如何呢？我反而認為由你取得優勝的機率較低。」

「——什麼？」蛟劉睜大單眼瞪著白夜叉。一瞬間復活的魔王霸氣讓白夜叉相當愉快，她發出響亮的笑聲，在月光中消失無蹤。

*

——海樹園，海岸邊。

在吹拂著陣陣海風的岸上，四人互相牽制著彼此的陣營。

總之十六夜目前警戒的對象是以從容笑容面對目前狀況的蛟魔王。透露出絕對自信的那個笑容儼然是毒蛇之流，先前用羊皮掩飾的感覺已經蕩然無存。十六夜的本能正在警告他，要是隨便出手卻被反咬，說不定連命都會丟了。

（……真驚人，跟昨天相比根本就判若兩人嘛。）

雖然十六夜曾經想過要和蛟劉比試一下，但沒想到居然會這麼快就得交手。如果是在參加別的遊戲，即使明知無謀自己也會從正面和他衝突吧。

雖然對十六夜來說，莎拉的事情頂多只算是附加，然而他卻基於別的理由，無論如何都想拿到白夜叉賜予的恩惠。所以他不能放過這次機會。

（……算了，話雖如此光是一直對瞪也沒有用啦。）

十六夜在心中下定決心，接著把飛鳥擋在身後，低聲喃喃說道：

「大小姐，這傢伙還沒拿到果實。我會利用這一點，盡量把他擋在這裡留久一點。妳就趁這段時間衝出去吧。」

「啊……嗯……好，我知道了。」

飛鳥勉強回答，然而她心中的感覺卻很複雜。

原因並不需要多加解釋，這次她又再度被趕離最危險的地方。即使明白騎師落馬就等於遊戲結束因此也是理所當然的選擇，但飛鳥仍舊有一點失望。

大概是察覺到飛鳥的這種心情吧。

十六夜以嚴厲的語氣斥責飛鳥。

「喂！繃緊神經啊大小姐！從現在開始，妳得一個人對付那個騎士大人啊！」

飛鳥猛然抬頭倒吸了一口氣。仔細想想，這是當然的結果。

一旦十六夜出手挑戰蛟魔王，現場的均衡就會被破壞。對方可沒有好心到會放過這個破綻，只要飛鳥一鬆懈，一瞬間就會嚐到敗北滋味吧。

「拜託妳了，大小姐。在妳曾經對付過的對手中，那個騎士大人毫無疑問是最強的敵人。既然情況演變成這樣，接下來的發展我也無法完全預測。勝敗有可能就取決於妳的一念之間，這點妳要有強烈的自覺。」

要有自覺，並負起責任——十六夜這麼說。

這是他第一次對飛鳥展現出的信賴。

「……我明白了，十六夜同學你也要加油。」

飛鳥握緊韁繩，做好準備動作。

十六夜也放低重心，擺出準備跳躍的姿勢。

然而蛟劉卻突然打斷了他的行動。

「我說啊，你們幾個。雖然我知道你們需要商量很多事情，但未免也花掉太多時間。多虧這樣，連我都已經準備完成了。」

「什麼？」

這唐突的發言讓十六夜一開始就遭受挫折。也有可能連這番話都只是一種應敵手法，總之他開口的時機實在是過於剛好。

蛟劉在馬上舉起右手，接著出現比先前好幾倍的地鳴聲襲擊眾人。

下一剎那——所有人都明白「覆海大聖」這名號並非浪得虛名。

「難道是……海嘯嗎！」

「好高！不對，糟了！快逃啊大小姐！再這樣下去遊戲就結束了！」

十六夜回想起遊戲規則，焦急大喊。

禁止事項中明記著「掉進水裡視同落馬，參賽者將失去資格」。就算換成大海，總之只要泡進水裡就會被認定失去資格。

同樣領悟到自己陷入險境的斐思·雷斯頭也不回地朝著瀑布跑去。

她把頭靠向愛馬。

「……你可以跳吧？」

她的賽馬短嘶了一聲作為回應。

發出嗚叫聲往前疾馳的賽馬從瀑布上用力跳躍，從一百公尺以上的高度急遽下墜。

「天啊……！就算能保住一命，但只要掉進下方瀑布裡一樣是遊戲結束呀！」

「但是沒有其他方法了！大小姐妳也快點朝著瀑布跑啊！」

這要求太過分了！飛鳥憑著自尊把這句話吞回肚裡。

久遠飛鳥的身體和常人無異，要是從這個高度往下跳，肯定會失去性命。

然而要是把這件事情說出口，就等於是在宣布自己敗北。恩賜遊戲是在競爭超常能力的比賽，飛鳥也已經學會，先說出「不可能」的人就會先敗陣。

而且最重要的是——這是第一次獲得十六夜信賴的戰鬥。

要是在這邊選擇逃避，以後自己就再也無法開口要求平等，甚至連希望對方這樣想都不可能。

「……～～嗚……啊啊啊啊啊真是的！萬一失敗了，你可得幫我收屍！」

「好！包在我身上！」

飛鳥揮鞭策馬，開始疾馳。

被馬蹄踢起的水面如同瀑布般往上噴濺著激烈水花，形成水煙之後才慢慢消散。一人一馬以甚至快到無法順利操作表面張力和水壓的速度朝著懸崖突擊。

飛鳥回頭看了一下已經逼近背後的海嘯，自暴自棄地在心中大叫。

（隨便怎樣都好啦！笨蛋——！）

踏出瀑布之後他們在空中瞬間停留，立刻隨著重力往下落。

飛鳥認真地做好了赴死的心理準備。

＊

——「Hippocamp 的騎師」，地下都市觀眾席。

每一個人都屏息凝神地注視著大海嘯襲擊海樹園的畫面。先前的歡呼聲早就已經隨著蛟魔王出現而消失了。

看到斐思·雷斯跳下瀑布，某個觀眾大叫：

「你們看！她打算跳下瀑布逃走！」

「真傻！實在太亂來了！」

「真的會死啊！」

觀眾們紛紛發出慘叫聲。知道斐思·雷斯實力的人們即使明白她不會死，也注視著畫面，擔心她恐怕無法避免遊戲結束。

白夜叉也把身子往前探，觀察斐思·雷斯的動向。

（好啦，妳會怎麼做呢？「萬聖節女王」的寵臣。）

她會使用能飛行的恩賜嗎？還是會操縱水流？到底要靠著什麼奇蹟才能克服這個已經走投無路的危機？眾人的注意力都集中在這一點上。

從瀑布落下之後，斐思·雷斯她——

「——呼。」

先呼吸一次，接著取出兩把剛槍，就這樣成為自由落體。

在跳躍之後的一秒內，她完全沒有表現出要使用恩賜的動作。面具騎士隨著重力往下掉，在即將撞上水面的那剎那——她舉起雙槍往下猛烈揮擊。

觀眾席傳出感到疑問的聲音，而且還不是只有一兩人，就像是事先說好那般大家都一起出聲。然而看懂她究竟使用了何種絕技的人們已經目瞪口呆，甚至連聲音都發不出來。

「……咦？」

看著螢幕的黑兔也一時語塞，但率先回神報導起實況。

「這……這真是驚人的精彩技術！面具騎士斐思·雷斯在衝突的瞬間操槍往下揮擊……藉此完全抵銷了落下的衝擊！」

喔喔喔喔喔喔喔喔！

透過黑兔的轉播才終於理解狀況的觀眾們為這份絕技送上拍手喝采。

沒想到居然能在不使用特殊恩賜的情況下就脫離險境，肯定沒有人事先預想到這結果。

斐思·雷斯絕不是隨便揮槍，要是用力過度將會破壞水面，倘若施力不足則無法完全抵銷衝擊。

斐思·雷斯靠著不允許絲毫誤差的操槍技術來擄獲了觀眾的心。

黑兔一方面也真心感到佩服，另一方面則在內心裡為飛鳥擔憂。

（飛鳥小姐……請千萬不要太過勉強……！）

投降也是一種勇氣，然而飛鳥絕不會做出這個選擇吧。

黑兔握起雙手，不斷為飛鳥的平安祈禱。

＊

（哇……！）

這是飛鳥第二次經歷自由落體現象。

第一次是被召喚那時。

第二次就是現在這瞬間。

到衝突為止，大概有五秒的時間。大概是因為已經有過上次經驗，她才能冷靜運用這段空檔。

（左手手上……有快要壞掉的「琥珀御手」。）

那是其中埋有水樹種子的蒼白琥珀。

雖然已經產生裂痕，但飛鳥認為應該還能用個幾次所以一直戴著。能解決眼前狀況的恩賜只有這個。

（可是，光操作水流並沒有意義，我該怎麼做才能讓賽馬在水面上著地呢……？）

時間方面只允許自己使用一次，該怎麼辦？要做什麼才對？

飛鳥讓腦袋全力運作，推算出最後的手段。

（馬頭魚尾怪能夠操作水流、水壓和表面張力，藉此在水上奔馳。那麼要靠我的力量來把這種能力操縱到極限……！）

飛鳥不懂理論和方法。

也沒有時間架構出那些。

她只能透過恩賜，把心中塑造出的形象直接朝著水面施展。

*

目睹斐思·雷斯的絕技時，觀眾席陷入了寂靜。這是因為人們羨慕擁有強大力量的參賽者而造成的現象。

同樣，當螢幕上的飛鳥得救時，觀眾也一口氣安靜下來。

——然而這絕對不是因為羨慕。

其實是因為大家真的都半張著嘴，楞楞地呆看著畫面。連黑兔都不明白這瞬間到底發生了什麼事，還在猶豫到底該怎麼說明。

疑問的聲音逐漸擴散，這時位於實況播報席的白夜叉壓低音調沉吟般地說道：

「……她跳起來了。」

「是？」

「她在水面上跳起來了……垂直跳起。」

沒錯，正是如此。以倒栽蔥的姿勢衝向水面的飛鳥和她的賽馬彷彿被水面拒絕，又輕輕地向上跳了起來。

換個說法就是水面的彈簧床。把表面張力提昇到極限，並操作水壓使其柔軟化的結果，讓他們毫髮無傷地在水面上反彈……垂直往上。

看到這一幕的觀眾中也有人嘲笑這樣很滑稽。然而正因為白夜叉可以理解這是多麼高難度的技術，所以才會低聲沉吟。

「雖然一時恐怕很難相信……不過剛才那女孩使用的技術是水流操作的極致，近年來我都沒見到具備如此程度的高手。哎呀真的，實在是個令人驚嘆的絕技！」

白夜叉唰地打開扇子，對飛鳥讚不絕口。

聽到她的解說之後，觀眾們的情緒也一起再度熱絡起來，現場充滿了拍手喝采。

然而下一瞬間——樹海就因為從山上溢出的海嘯而沉入海水之中。

＊

——海樹園．海岸邊。

在飛鳥和斐思．雷斯跳下瀑布的同一時刻，十六夜也為了保護自己而用力揮拳。他不需要任何的雜七雜八的技倆，只靠拳頭產生的衝擊波就讓大海嘯開出一個巨大空洞。

「有什麼好囂張！」

大海嘯前進的勁道稍微緩和。十六夜製造出的拳頭威力讓四處飛濺的水花也無法靠近，這是能夠劈開大海擊碎河山的一擊。利用扭腰動作打出兩三次貫穿海嘯的拳頭後，甚至讓被害減少了一半。

十六夜舔舔沾在手指上的海水，確認強烈鹹度後並再度轉身面對蛟劉。

「抱歉啦，我今天可不能再渾身溼透了。」

「這話什麼意思，聽起來好像你動不動就會被水淋濕。」

「沒錯，大概以一個月一次的頻率會變成落湯雞。」

被沖上海岸的餘波浸濕下半身的十六夜以有些怎樣都好的態度挺胸說道，看來似乎已經確定他命中犯水。

或許覺得這樣的十六夜很好笑，蛟劉更是愉快地發出爆笑聲。

即使身處海嘯中也完全沒被沾上一滴水的這個男子，緩緩地跨下馬背。

「原來如此，只有全身落入水中才會被視同落馬嗎？這下真是失算了。看這情況，說不定那兩個女孩也沒事。」

「當然沒事。大小姐雖然在深閨中長大，但骨氣倒是可以掛保證。」

十六夜哇哈哈笑了。

蛟劉以苦笑回應：

「這樣一來，我想趕快解決這邊然後逃走。總之，可以先讓我拿到海樹果實嗎？」

「這什麼白痴問題。你根本打著一採到果實就直接衝向終點的主意吧。」

蛟劉讓大河逆流，利用這個驚人水勢來追上十六夜等人。萬一讓他得到果實，肯定會在轉瞬之間就超過飛鳥等人吧。

十六夜無論如何都必須把這男子擋在這裡。

「既然你下馬了，那麼認為你有意願陪我玩玩應該沒錯吧，蛟魔王大人？」

「當然。如果打倒最強種的傳言為真，憑我根本算不上對手吧。」

蛟劉露出可疑笑容，以飄然態度聳了聳肩。

但是既然他並不急著去採收果實，就代表他有著相當的自信和餘裕吧？要不然應該會無視十六夜直接朝海樹下手。

（……哼！這不是很有趣嗎？）

十六夜興高采烈地擺出架勢。蛟劉雖然腰上掛著彎刀，但他沒有表現出想拔刀的傾向。也就是說他要和十六夜來場肉搏戰。

自從和威悉一戰之後終於又有機會和人互毆，讓十六夜相當興奮。

「你可不要後悔啊，蛟魔王——！」

他腳踢大地，一直線往前衝刺。

雖然因為腳邊海水造成的阻力導致速度變慢，然而十六夜還是以超越常人的速度逼近蛟劉。如果是一般人恐怕根本無法察覺吧。

能劈開大海，打碎山脈，連殘像都被置於原地的十六夜這一拳——

「……什麼！」

蛟魔王只用一隻手就擋下了。

「少年，面對比自己強大的對手時，直接從正面攻擊再怎麼說都是下策吧？」

蛟魔王握緊十六夜的拳頭笑了。

這份壓力讓十六夜產生前所未有的危機感。

（這……這傢伙……！）

「話雖如此，這也是出自於天賦的一擊。雖然有點捨不得下手——不過算了，這一拳就當作是學費吧。規則禁止殺生，你可別死啊……！」

蛟魔王放低重心睜大單眼，用掌心由下往上擊打十六夜的心窩，彷彿想把那部位扭轉打穿。累積無數星霜歲月鑽研而成的這一擊讓十六夜的五臟六腑受到了前所未有的衝擊。

（嗚……！）

即使受到血液似乎在逆流的嘔吐感折磨，十六夜還是咬牙硬忍住所有劇烈疼痛。

接著他轉動身體踢了蛟魔王一腳。

「什麼……！」

這出乎意料的反擊讓蛟魔王不由得驚嘆出聲。

明明自己以奪命的心態出手，結果對方不但沒死甚至還可以反擊。看在蛟魔王的眼裡，正可說是驚天動地吧。

兩人雙雙往後飛去，在海面上彈跳幾次並拉開彼此距離。

先站起來的人是蛟魔王。

（這……這真讓人吃驚，沒想到他承受了剛剛那一擊，居然還可以反擊。）

雖然蛟魔王不是最強種，但他的靈格卻遠遠凌駕一般的神靈。

分別在海中和山中累積千年修行的蛇能登上成仙修道的頂點，轉生成「仙龍」這種稀有的龍種。

而蛟魔王為了讓這過程只需要耗費一半時間，前往海底的深海火山修行。在無法誕育出生命的灼熱和土石流中獲得功績的他，擁有能和大地女神與海神雙方匹敵的力量。

那是將吸收自大地與大海的氣凝聚於掌心之後打出的一擊，人類應當無法承受。

「少年……你的身體到底是什麼構造？」

「那是……我想問的……問題，你這混帳……！」

十六夜用手臂抹去嘴角血跡，好不容易才站了起來。

蛟魔王雖然不慌不忙地表示訝異，但他應該承受了十六夜全力一踢。結果卻可以若無其事地輕易起身。

十六夜至今為止曾經和兩名神靈交手，但他們絕對不是毫髮無傷。只不過是靠著超乎尋常的恢復力來抵銷了十六夜的攻擊。

然而這個魔王……很明顯，是十六夜的一擊根本無效。

面對能夠震撼星星的一擊，這是至今為止從來沒有發生過的現象。

（……嘖！終於出現了嗎！）

十六夜大口喘氣，接受現狀。

他早就預測到這種狀況，也認為總有一天應該會出現最棘手的強敵。

凌駕十六夜身體能力的魔王，終於出現在他的面前。

（哈……不愧是箱庭的世界，就是要這樣才有趣……！）

沒有使用何多餘的技倆。毫無疑問，這是直直正中好球帶中央的最強敵人。

狂熱的情緒慢慢湧上，喜悅也染上了他的表情，十六夜為了掌握勝利讓思考高速運作。

雖說眼前的目的是要保護果實，不過要是沒能遊戲中打敗這傢伙，十六夜就無法甘心。

他盤算著要怎麼做才能擊破對方……不過最後結論是總之再次衝過去試試，因此又從正面發動突擊。

*

剛從瀑布生還沒多久，飛鳥已經要為了逃離背後的洪流而全力大叫：

「加快腳步！快逃！立刻逃走！」

賽馬發出嘶鳴往前衝，像是不需要她特別指示。

現在如果選擇來時的原路回去會有危險。因為回程只能靠自己一人安全生還，要是中途還必須對付水靈馬肯定會趕不上。

（她走了哪條路線……啊啊真是！沒時間思考！）

雖然海嘯已經因為十六夜的拳頭變弱，但萬一被吞沒依然不會平安無事。推開樹木不斷前進的洪水毫不留情地淹沒樹海。

飛鳥拚命揮鞭催促賽馬前進，她的視線終於捕捉到斐思．雷斯的背影。

（找到了……！）

斐思．雷斯的坐騎毫無疑問是匹名馬，不過再怎麼說依然無法贏過經飛鳥力量強化的賽馬。認為這是大好機會的飛鳥更加催促賽馬加速，然而……

如同蛇蠍的劍尖掃過鼻尖，讓飛鳥立刻放慢了速度。

（……嗚……這意思是警告嗎？）

她和斐思．雷斯的距離約有二十公尺，這應該就是鞭劍的攻擊範圍吧？這攻擊距離輕易就能到達大河的兩端。

（遊戲規定禁止殺生，使出全力衝刺應該可以追過她……應該……可以吧。）

只要斐思．雷斯手上沒有其他殺手鐧。問題是作為代價……飛鳥必須光著身子衝過

「Underwood」。

（……嗚……）

光是想像就讓飛鳥的臉頰和耳朵一口氣變紅。就算可以獲勝，如果要受到這種屈辱她寧願死。然而現在的飛鳥卻沒有其他選擇。

……不脫就無法取勝嗎？這種悲痛的疑問讓她胸中隱隱作痛。

飛鳥用力吞了口口水，正在思考自己是否要下定決心。

剛好這時，身上纏繞著璀璨旋風的春日部耀從空中飛舞而下。

「飛鳥！妳沒事嗎！」

「春……春日部同學！妳之前去哪裡了？」

「抱歉，我打倒格里菲斯之後就待在下面等你們。」

飛鳥像是猛然想起般地猛眨眼睛，這時她才終於注意到的確一直沒有看到「二翼」成員的身影。

「是嗎……春日部同學妳一個人去戰鬥嗎？」

「嗯，『二翼』已經不會出現了，接下來只剩在前面的那個人。」

兩人對彼此重重點頭。只有自己一人時實在沒什麼自信，但兩人一起或許就能攻略這個難題。

「春日部同學，在我追過去之前……妳能夠壓制住她嗎？」

「……我會努力。」

這回答有點遲疑，畢竟斐思・雷斯實在太強，讓耀無法斷言自己一定能辦到。然而在這場騎馬戰中，可乘之機並不算少。

包括落入水中就敗北的規則。

還有禁止殺生的規則。

而且最重要的是因為騎馬而讓她喪失了機動力，這是最大的有利條件。

「如果只是跟她互搏，不是完全不可能……不過就算是這樣，大概也只能交手十回合就算是很好了。」

「我知道了，那麼就在最後的直線發動攻勢吧……！」

才剛決定作戰，兩人就突破了昏暗的樹海。

視野拓展，「Underwood」的大樹也出現在眼前。

*

——第一擊是打算給予致命傷而瞄準心窩。

——第二擊是真的想奪走他性命所以重擊後腦。

——第三擊並沒有打中對方而被閃開。

（……嗚……這個少年……才只不過交手三次，就已經能跟上我的動作嗎……！）

受到反擊的蛟魔王攪亂海面再度拉開距離。

然而讓他介意的點反而是十六夜身體的堅固程度。

從星球地殼噴出的灼熱深海火山中長年修行的蛟魔王能在心技體三方面來體現出成果。雖然妖術方面輸給身為金翅鳥一族的鵬魔王，但在體術方面他甚至不遜於牛魔王或美猴王。在藉由鍛鍊能到達的靈格中，這也是極致的成果之一。

既然擁有千山千海靈格，蛟魔王的拳頭就等於能從海中構築出大地的星之呼吸。

以人類為對象時，要是他認真出手，對方應該會徹底粉碎，連五臟六腑都不剩下。

（難道這個少年也經歷過千山千海的修行……？）

蛟魔王立刻抹去這個疑問。從這少年使出的拳路中，無法察覺出武術的基礎或鑽研的痕跡。而這份粗獷，正是他向來都靠著傑出才能戰鬥至今的證明。

——蛟魔王讓思緒更加運轉，考察眼前敵人究竟是何種存在。

（這氛圍毫無疑問是人類……可是根據這充滿多餘的戰鬥方式來看，很明顯他過去是待在沒有同等敵人的地方成長。那麼，這個少年是剛從異世界被召喚來這裡嗎？）

只不過交手三次立刻看穿敵方的背景，這份智謀正是蛟魔王身為七大妖王第三席位的證明。然而自己得出的解答中還有矛盾。

（可是天生的人類卻有這肉體……不，就算不侷限於人類，這世上怎麼可能出現天生擁有如此強健肉體的生物——）

——不，只有一人。天生擁有能與修羅神佛並列的力量，存在本身就可稱得上是違規，某個擁有天賦之才的人物。

蛟魔王剛剛才聯想到唯一能符合這些條件的存在。

（……和美猴王大姊……擁有相同資質……？）

一想到這個可能性，蛟魔王的思考就陷入一片空白。

十六夜沒放過這個破綻，立刻衝向蛟魔王胸前，以彷彿要鑿出洞來的力道從下往上重擊蛟魔王的心窩。一時大意的蛟魔王雖然湧上一陣嘔吐感，但立刻用掌心重擊十六夜的臉部把他打退。這時手上沾到一些十六夜的血液，蛟魔王偷偷抹進衣服內側保存。

（……雖然我覺得不可能，但如果和大姊一樣，這少年的真面目就是……！）

「嘖！有夠耐打！到底要怎麼鍛鍊才能變成那樣啊！」

另一方面，十六夜就像是找到了新玩伴，以愉悅的表情挺起身體。

額頭有著裂傷，讓他的視線染上血色。心窩承受痛打後肋骨出現裂痕，後腦也因為被重擊使得意識有些朦朧。

明明身處劣勢，十六夜的內心卻非常輕鬆。

（……哼，可惡！真的超有趣。）

他並不是覺得互毆有趣。眼前的魔王在體術方面確實勝過十六夜，那麼面對處於優勢的對手，自己該如何才能夠擊破對方呢？

是思考這些的過程讓十六夜覺得有趣到極點也開心得無法自制。

（嗯……箱庭果然很廣闊。就連這樣的傢伙，在組織裡也只不過排行老三。）

無論是對付珮絲特和巨龍的時候，或是面對眼前蛟魔王的這個瞬間。

正面挑戰不可能的舉動……還有燃燒生命徹底鑽研努力的行為本身，都讓十六夜不由自主地感到愉快有趣又耀眼神聖。

（雖然把他打落水中就能贏……不過看這樣子，光靠我一個人不可能辦到。）

對於「覆海大聖」來說，身處大海就等於是在自身領地作戰。

要是至今都只有施展體術的這個傢伙真正認真起來，並操縱起海洋這種巨大武器，那麼究竟會演變成什麼情況呢？光是想像，就讓十六夜興奮到身體顫抖。

「……你好像很開心呢，少年。」

十六夜似乎在不自覺的情況下露出了笑容。

他抹去嘴角鮮血順便收起笑容，開口反問蛟魔王：

「講這種話的你現在看起來也很開心啊，明明一開始都是一副皮笑肉不笑的樣子。」

「……是嗎？」

「我看起來很開心嗎？」蛟魔王低聲說道。

這個看法的確沒有錯。讓全身幾乎豎起雞皮疙瘩的衝擊，還有讓思考迴路的油門全開，互相看穿彼此，互相出招接招。所謂恩賜遊戲就是一種必須驅動自身一切否則無法到達勝利，只有棲息於神魔領域之人才被允許參加的競賽。

更不用說如果是強者互相較勁，那正可以說是史上最棒的愉悅吧。

「…………」

然而蛟魔王最後一次參加遊戲的回憶，卻早已埋沒在已經遺忘的遠方。

至於和強敵的互爭互鬥，那是更久遠的過去。

在箱庭內自稱魔王，以天上為目標，全心衝刺的時期。

為了取回那時的熱情，所以一直很想再見到「齊天大聖」一面……結果自己胸中卻正在慢慢恢復溫度。

察覺到這事實的蛟魔王難掩心中的憤怒。

（……有夠白痴！我真的是個很廉價的男人。）

蛟魔王一直認為，除了醉心的那個人以外，再無他人能讓自己胸中燃起火焰。然而無論自己多麼痴心執著，難道那些曾經認為特別的夢想和野心，也全部都是幻想嗎？

自己的渴望原來膚淺到只要像這樣打場小架，就能夠得到滿足嗎？

蛟魔王不斷自問自答。只不過是被撒上一點火星，就能讓一根已經乾枯總是隨俗世擺布的漂流木很乾脆地再度開始燃燒嗎？

正當他對自己的心態開始感到失望時……

十六夜又從正面展開突擊，毫不留情地痛擊蛟魔王的心窩。

「嗚嘔……！」

追擊也毫不留情地下手痛毆。對心窩的第三次衝擊終於讓蛟魔王的肉體產生動搖。看到他的身體往前彎曲，十六夜第四次從上方扣下使出全力的拳頭。

然而這往下揮擊的拳頭卻落空了。

蛟魔王以精彩的動作重新調整好姿勢，帶著怒氣大叫：

「你下手還真重啊！少年！」

「當然！遊戲中居然還擺出那種無聊的表情！不要瞧不起人！」

彼此都轉動身體同時出腳。由於在姿勢上是十六夜占了優勢，因此勉強擊退了蛟魔王，並更進一步發動追擊。

兩人在海浪間四處跳躍，破壞岩礁並激烈衝突。雖然彼此都使出必殺一擊來攻擊對方，但戰鬥依然慢慢變化成激烈的互毆。

「不過你的才能還真誇張！既然有如此的才幹，即使有上層來挖角也很正常吧！」

「哼！我還沒有墮落到會拋下自己人！而且我已經訂下了契約，要是魔王出現，我就要率先挺身站在最前線！——對！沒錯！所以我比任何人都有義務站在那些傢伙的前方！」

聽到這些邊出拳邊吼出的發言，讓遙遠過去的背影從蛟魔王眼中一閃而過。

為了保護結拜兄弟——隻身一人踏上最後之戰的背影。

「……啊啊可惡！竟然讓我見識到你這種精悍的本性……！」
既不害羞也不畏懼，毅然宣稱全都是為了同志的身影，看在已經枯竭的眼中未免太過刺眼。
十六夜擦了擦滲血的嘴唇，笑得更是開心。
「羨慕的話就學我啊！還是你打算用那種表情去見『齊天大聖』嗎！」
這句話一出口，讓蛟劉震驚得說不出話。十六夜逮住這破綻又在他肚子上打了一拳。
蛟劉差點從懸崖上摔下，千鈞一髮之際勉強站穩腳跟。
然而他的眼神卻依然因為驚愕而動搖。
「你……該不會是從白夜王那邊……」
「別說蠢話，只是想不到其他能讓你恢復霸氣的理由……是說，你還真的要去見『齊天大聖』啊？可惡，我也很想去！要不是因為那傢伙受了傷……！」
不知為何，十六夜突然氣得發抖。
然而他立刻換上另一個心情，瞪著蛟魔王開口：
「我跟你說清楚，如果我這邊有個沒出息的弟弟還敢厚著臉皮大搖大擺來見我，我肯定會把他打爆。萬一變成你這樣的捨世之人，當然要打得更凶狠！」
「………」
「所以在那之前，你給我先在這裡好好洗把臉！試著被眼前的狂熱折磨控制，完全燃燒到腦內迴路幾乎會被燒斷的地步吧！要不然你……能拿什麼見聞經歷去見你的結拜兄弟？」

啪！十六夜雙拳互擊，催促蛟魔王繼續。

他眼中燃燒著因為想測試自身可能性而迫不及待的年輕鬥志。

「……哼，你真的很有趣呢，少年。」

而且，他的主張全面正確。

和結拜大姊道別之後，已經度過了一段漫長的歲月。這段期間內「齊天大聖」仍舊為世間而戰，提昇自己的功績，繼續讓自身武功揚名天下。

蛟劉過去也曾經宣揚過崇高的志向。

和自身名號一起高舉起一面旗幟——肩負著「能翻覆大海的大聖者」這樣的遠大志向。

明明過去曾經歷過那一切，要是以現在這種沒出息的樣子去見她……恐怕最糟的情況是會被送進忘川河裡……不，要是真的那樣或許別有一番樂趣啦。

不過眼前的強敵恐怕不會接受這樣的結果吧。

「——來打個痛快吧！蛟魔王。而且你差不多也可以開始認真了。」

「什麼話，你自己還不是把殺手鐧藏著。為什麼不用？」

被反將一軍的十六夜不知道該怎麼回答。

他很尷尬地搔了搔頭。

「……我也不是故意藏著，只是一旦使用那個，不管我想怎樣都會確實把你殺了。所以在這種不賭命的遊戲裡使用那個不太光明正大。」

「畢竟規則也禁止殺生嘛。」最後十六夜又補上這麼一句。

這樣子看起來莫名純樸，總讓人覺得很好笑。

（……意思是他雖然不否定互取性命，但也不會勉強為之嗎？）

尊重鬥爭，同時也尊重生命。連這種靈魂的形式，也讓蛟魔王聯想到那令人懷念的光輝。

不過以十六夜現在的實力……總有一天會被強大的魔王摧殘並走向終點吧。

就跟那些在落日時如花謝般殞命的結拜兄弟們一樣。

蛟魔王再三仔細斟酌自己的意志，才抬起頭像是已經下定決心。

「……看來……到此為止了。」

「什麼？」

「判決控管者！是我輸了！『覆海大聖』宣布退出此遊戲！」

這聲音一傳達給黑兔，寫上蛟劉名字的契約文件就無聲無息地燒毀了。

因為對手退讓而直接取得勝利的十六夜嘴角抽動，帶著怒氣瞪著蛟魔王。

「喂！你這遜蛇……這什麼意思！」

「我的意思是勝負就先記下了。我們這場架和遊戲本身的旨趣相差太多，無論最後是贏是輸，應該都很無趣吧？所以也就是說，等別的遊戲中再戰吧。」

蛟劉給了個可疑笑容，轉身背對十六夜。

然而十六夜的疑問不只這點。

「……去見『齊天大聖』的事情也算了嗎？」

「喂喂，是你自己說的不是嗎，少年？要是現在這種沒出息的我去見他……會讓那個人失望。」

為了能抬頭挺胸去見自己尊敬的女性。

領悟自己該走向哪條道路的蛟劉站到了瀑布口上。

「再見啦，少年。下次見面時……我就以蛟魔王的『主辦者權限』來做你的對手吧。」

蛟劉給了個心情愉快的笑容，之後從瀑布上一躍而下。

他的側臉已經恢復霸氣，呈現雨過天青的樣貌。

*

——「Underwood」正下方水門。

終點的「Underwood」水門擠滿了想要迎接勝利者的觀眾。目前正在爭奪優勝的兩人在賭盤上也是大受歡迎的人選，自然也維持著高注目度。

到底是誰會率先衝過終點呢？每個觀眾都屏息凝神地注視著。

在水門最前列觀看戰況的黑兔注意揚起水煙往前疾走的兩個人影，立刻興奮地開口說道：

「各位！已經可以看見參賽者了！首位是『Will o' wisp』的斐思·雷斯！第二是『No Name』的久遠飛鳥！助手春日部耀也還在場上！」

聽到黑兔的報告，觀眾席上的愛夏和傑克也開心大叫：

「太棒了～！就這樣贏得壓倒性勝利吧！斐思·雷斯！」

「呀呵呵呵呵！只差一點了！」

兩人揮舞著「Will o' wisp」的旗幟大聲加油。

負責販賣商品的莉莉也以不輸給他們的氣勢大叫：

「飛鳥大人！耀大人！請加油～！」

她用力揮舞著雙手和兩根尾巴，不斷聲援打氣。

旁邊的珮絲特與蕾蒂西亞則以嚴肅表情考察戰況。

「飛鳥的情勢很嚴苛呢。」

「嗯，既然她保持一定的距離，就表示那是攻擊範圍吧……」

「如果想超越，必須先做好泳裝被脫光的心理準備……嘻嘻，原來箱庭的比賽這麼下流呀。」

無法反駁「沒這種事」真是讓人感到哀傷。

對珮絲特來說，這場戰鬥中無論飛鳥是輸掉還是被脫光，自己都可以獲得以後用來挖苦她的題材。

所以雖然她身為旁觀者，臉上卻浮現出勝利者的笑容，從容地望著最後之戰。

就這樣，按照事先商量好的計畫，來到最後直線的飛鳥和耀以做好決心準備應對最後的戰鬥。

「是死是活，現在就是關鍵時刻了……！」

「不是啦，飛鳥。兩個選項應該是勝利還是被脫才對。」

「如果要被脫光我寧願死！」

飛鳥自暴自棄地大叫，對於她來說這確實是很沉重的決心。

耀先細細思量自己被賦予的責任，才突然開始加速。

「別擔心，我絕對……不會讓飛鳥妳遭到毒手……！」

耀施展出光翼馬的光輝和獅鷲獸的旋風，向斐思．雷斯發動襲擊。

一進入鞭劍的攻擊範圍，斐思．雷斯甚至沒有回頭面向這邊，就直接精準地瞄準耀的泳裝攻擊。難道她光靠感覺就能把握全方位嗎？這下更讓人覺得她是個怪物。

由於彼此還有一段距離因此耀得以無傷彈開攻擊，不過要是繼續靠近，連能不能即時反應都沒什麼把握。

面對壓倒性的凌厲劍術——春日部耀已經做好了被扒光的心理準備。

「飛鳥!上吧!」

「我知道了!西波波先生!這是最後的全力衝刺——!」

海駒發出英勇的嘶鳴,拔腿往前疾馳。由於已經面對接二連三的危機,牠的體力也有危險。這真真正正是最後的攻防。

斐思・雷斯雖然讓從左後方追上來的飛鳥也遭遇到如同蛇蠍的劍氣襲擊,但耀利用璀璨旋風和光翼馬護腿努力保護飛鳥。

如果是一般的劍氣,恐怕連旋風本身都會被劈開吧。然而這武器的本質類似鞭子,因此能夠藉由操作旋風來改變如同鞭子般彎曲的劍氣軌道。

至於那些無論如何都無法閃避的軌跡則在瞬間就做出判斷,確實地擊落這些攻勢。

「……原來如此,那麼我就直接攻擊吧。」

斐思・雷斯拿出恩賜卡,從鞭劍換成了兩把剛槍。接著她一口氣逼近從後方追上來的飛鳥,舉槍揮下。

「飛鳥!危險!」

看到飛鳥即將被斐思・雷斯砍中,耀利用光翼馬的護腿擋下了這一擊。然而僅僅是這樣一擊,就讓耀受到幾乎失去平衡的衝擊。

(好……好重……!)

耀將巨人的腕力、獅鷲獸的旋風和光翼馬的輸出全部疊加起來，才好不容易擋下這次斬擊。然而斐思・雷斯卻若無其事地準備使出第二擊。

如果想和她平等互擊，力量輸出至少要有麒麟之矛的程度，否則恐怕無法辦到。然而那樣一來將會失去光翼馬的護持，在速度上落敗。難如人意的現狀讓耀狠狠咬牙。

——果然很強，但絕不能就這樣一面倒地輸掉。

「飛鳥……接下來就拜託妳了！」

事前講好的十回合，最少在進行十回合前，自己不能輸。

耀把所有力量都集中在兩腳的護腿上，反過來衝向斐思・雷斯身前。因為考慮到槍的性質，想辦法貼近對方反而比較安全。

斐思・雷斯立刻拋下其中一把槍以對應近身戰鬥，然而身處只能直線前進的立足點上，要逮住能飛翔的敵人極為困難。

戰術奏功的耀逮住這個大好機會，以連續攻擊來進一步把斐思・雷斯逼上絕境。

（行得通！只要繼續這樣壓制住她……！）

飛鳥已經追過斐思・雷斯，來到稍稍超前的位置。既然速度是飛鳥占上風，只要就這樣往前脫離攻擊範圍，就能避免泳裝被脫的悲劇同時獲得勝利。

然而這份安心感卻成了敗因。

「——妳太天真了，春日部小姐。」

原本一直使出連續攻擊的光翼馬護腿停了下來。斐思．雷斯把剩下的那把槍也丟掉，用雙手抓住了耀的腳。

「咦……怎麼會！」

「這是一場很不錯的比試，將來若有機會再交手吧。」

斐思．雷斯以沒有抑揚頓挫的語調來送上稱讚，然後直接抓著耀把她丟向大河的水面。這下耀也失去資格，已經沒有人能夠保護飛鳥。

連旁觀的「No Name」眾成員們也害怕得直發抖。

「再這樣下去……飛鳥會被扒光！」

「快逃呀！飛鳥大人！」

觀眾席響起蕾蒂西亞和莉莉的慘叫聲。

換上鞭劍的斐思．雷斯以宛如蛇蠍的劍技瞄準飛鳥的泳裝——

「燒掉吧！這把不知羞恥的劍——！」

然而泳裝並沒有被斬裂。

反而是鞭劍的劍身被飛鳥放出的烈火燒毀。

「這是……！」

「哎呀哎呀！看來妳中計了呢！就算看不見軌跡，只要事先知道『目標是泳裝』，像安排陷阱這種小事當然不成問題！」

飛鳥高聲講出勝利宣言，這是她們的最後手段。

護手上的寶珠共有五顆。飛鳥把寶珠拆下塞進泳裝的內襯裡，並事先做好準備，讓劍尖在碰到泳裝的同時就會起火燃燒。雖然這是限定必須直接碰觸才能獲得最大效果的恩賜，然而正因如此，飛鳥才一直把這招當成最後手段隱藏至今。

「嗚……！」

斐思·雷斯拋下鞭劍，發揮全部技術策馬往前疾馳。身為騎士的她雖然擁有高水準的馬術，然而勝敗已經顯而易見。

「祝妳今日過得愉快！面具騎士大人！『Hippocamp的騎師』……將由我們獲勝！」

飛鳥戰勝了最後的賭注，高聲發表勝利宣言。

第一個衝過「Underwood」的她，贏得了足以震撼整個「Underwood」地區的喝采聲。

黑兔也丟下主持工作，整個人撲向飛鳥胸前。

「飛鳥小姐！恭喜您獲得優勝！」

「哇……等一下！黑兔！」
「呀啊！」飛鳥尖叫著摔進大河裡。
看到兩人掉進河中濺起大量水花，水門的觀眾們也發出了笑聲。
帶著微笑旁觀一連串騷動的白夜叉這時用力拍手聚集眾人的注意力。
「我在此宣布『Hippocamp 的騎師』的勝利者是『No Name』出身的久遠飛鳥與其同志！
好啦，把勝利者抬上舞台吧！接下來將要授予恩惠……還有繼續舉行宴會！」
觀眾們以歡呼聲回應白夜叉的喊話。
飛鳥緊抓著黑兔的背後，傻著眼喃喃說道：
「……還要吃啊？」
「因為是收穫祭呀。嘻嘻，今天晚上人家也會好好一展身手喔！要一雪上次的失敗！」
「嗯嗯！」黑兔為自己打氣。
這時飛鳥突然從背後用力抱住黑兔。
「……一直以來都很謝謝妳，黑兔。」
「咦？」
「嘻嘻，沒什麼啦。」
飛鳥輕輕微笑，爬上賽馬的馬鞍，黑兔也跟著坐在她身後。
在前往「Underwood」地下都市的路途中，兩人一直受到喝采聲的歡迎。

終章

——「Underwood」階層支配者就任儀式。

收穫祭最後一天的晚上。

連日舉行的酒宴暫時停止，充滿了莊嚴的氣氛。

在大樹的頂貓，莎拉・特爾多雷克以南區守護者的身分被任命為新的「階層支配者」，正在進行「鷲龍之角」的授予儀式。

從地下都市的廣場仰望這一幕的十六夜等人喝著斑梨果汁，一邊回顧著收穫祭的種種。

「這樣一來『龍角鷲獅子』聯盟應該也會安定下來吧。」

「是呀~因為格里菲斯在這次事件後出走，反對聲浪好像也幾乎都消失了。」

黑兔回應十六夜的發言。在確定由莎拉繼承「階層支配者」之後，格里菲斯似乎就立刻離開了共同體。眾人無法確定牠這個行動是否源自於乾脆爽快的風範，然而既然這場戰鬥以領導者的位子作為賭注，那麼敗者離開並不是什麼特別奇怪的現象。「二翼」的同志們也立刻接受了現狀。

在十六夜身邊一起喝著果汁的飛鳥和耀也展現出彷彿放下肩上重擔的笑容。

「只要有了『鷲龍之角』，莎拉折斷的龍角應該也沒問題了吧？」

「那原本是德拉科．格萊夫的龍角所以只有一根。不過聽說還會授予她其他恩賜，所以一定沒問題。」

「是嗎……」飛鳥回應。

過了一會兒之後，火焰形成的暴風席捲了大樹的頂端。

這陣熱風甚至吹到了地下都市，將夜風帶來的冷颼颼感一口氣驅離。得知新任「階層支配者」正式誕生後，地下都市裡到處都響起乾杯的聲音。

黑兔抬頭望著「Underwood」，以帶著羨慕和祝福的口氣喃喃說道：

「……您辛苦了，莎拉大人。我們也會好好努力，不會輸給您。」

肩負起共同體的命運，對再興做出貢獻，這份功績也獲得了認同。

黑兔無法認為這是和自己完全無關的事情。對於在共同體崩壞後一直支撐「No Name」至今的她來說，復興的前例將成為很大的鼓舞吧。

（「No Name」總有一天……也一定能再高懸起旗幟……金絲雀大人！）

總有一天要奪回旗幟和名號，和過去的同志們再會。

黑兔抬頭仰望大樹的旗幟，彷彿看到了這份夢想。

原本待在旁邊的莉莉和其他年長組的孩子抓準這個時機跑了過來。

「那個……黑兔姊姊……」

「……莉莉？怎麼了嗎？」

看到莉莉露出鄭重的表情，黑兔不解地歪了歪頭。

連狐耳都泛紅的莉莉把緊緊抱在胸前的小袋子交給黑兔。

「……這是？」

「是禮物。是十六夜大人、飛鳥大人、耀大人、仁，還有我們大家一起選的東西。」

「——咦？」黑兔倒豎著兔耳大吃一驚。

用視線發問後，三名問題兒童把臉各自轉往不同方向後才點了點頭。

「……嗯，畢竟是妳招待我來這麼有趣的地方嘛。」

「而且也已經締結了聯盟，正好算是到達一個段落。」

「一直以來很謝謝妳，黑兔。」

耀以笑容如此結尾之後，十六夜和飛鳥更是一個勁地把臉轉開。

這種笨拙的關懷讓黑兔打從心底感到開心。

「謝……謝謝……大家，人家會好好珍惜……！」

黑兔這樣說完，打算打開袋子。然而三名問題兒童卻慌慌張張地打斷了黑兔的動作，帶著她跑向廣場中心。

「總之，禮物這種東西可以晚點再確認。」

「今天是最後一天了！當然要大吃大喝才行！」

「走吧！黑兔！」

「咦……等……請等一下啦～！」

四人把禮物交給莉莉保管，衝向廣場。莉莉低頭看了一下稍微打開的小袋子內部，只見除了禮物之外，還放了另一封信。收件人這樣寫著：

「給親愛的同伴，黑兔」。

「……嘻嘻，十六夜大人們也真是不坦率。」

「給親愛的同伴」——這句話讓莉莉非常開心地唰唰甩著兩根尾巴。

年長組的孩子們也興高采烈地跟在慌張往前跑的四人後方。

籠罩在夜風與祝福中的大樹地下都市今宵也沒有入眠，一直都能聽到開朗的笑聲。

＊

——「Underwood」最高級貴賓室。

白夜叉待在因為焚香而充滿煙霧的室內，正在眺望月亮。已經將莎拉任命為「階層支配者」

也授予了恩惠，算是總算告了一段落。

然而白夜叉還剩下兩個重要案件要處理。

在「Hippocamp 的騎師」中優勝的「No Name」能獲得白夜叉賜予的恩惠。

然而他們想要的獎品並不是具體的恩賜——而是「希望獅鷲獸格利成為客座成員」這樣的願望。

「以上就是逆廻十六夜要求的恩惠……之後就由你自己決定了，格利。」

「契約文件」輕飄飄落下，上面寫著如下的內容：

「『Thousand Eyes』的同志，獅鷲獸格利失去羽翼的原因在於『No Name』，因此在這個傷口痊癒之前希望能代為照顧牠。」

格利以彷彿承受天命般的心情讀著這份以優美字跡書寫的「契約文件」。

——幾天前為止，牠已經乾脆認定自己再也無法以參加者的身分戰鬥。

雖然失去翅膀當然是原因之一……然而最大的理由是因為失去了身為搭檔的騎師。

騎師與鷲翼。既然一口氣失去兩個至高無上的榮譽，那麼自己恐怕再也無法載著某人戰鬥了吧——至少在看到這個內容之前，格利的確有這種想法。

（……他真的打算遵守那個誓言。）

這是下定決心後受到的傷，然而那個男子似乎不認同自己因為這樣就放棄。這份高潔讓格利感覺到自己胸中原本已經衰退的鬥志再度復甦。

牠閉上眼睛瞑想了一陣子，才以心意已決的態度向著白夜叉垂下頭。

「白夜叉大人，當年承蒙您收留被趕出故鄉的我，這份恩義我沒有一天敢忘記。不過，我……！」

「沒關係，我允許你離開。我會通知『No Name』準備迎接你這個新同志。去為了東方吹起的新風盡一份力吧。」

白夜叉以彷彿看透一切的笑容點點頭。

服侍十年的主人表現出的理解讓格利濕了眼眶。

「……對我來說『Thousand Eyes』依然是內心的故鄉。緊急時刻請務必召喚一聲，我將會排除萬難趕到您的跟前。」

「嗯，我確實收下你的誓言……好，這就當作是退職金……不，預備金吧。你好好收下。」

白夜叉用手指在半空中畫了個圓，軌跡就化為發亮的戒指纏上了格利的鉤爪。

「這是……？」

「……是在人間生活時不可或缺的道具。嗯，總之這是認可你的成績才賜與的『恩賜』，你可以回到房間之後再使用。這可是相當高價的物品，記得好好珍惜。」

「是！謝謝您！」

格利恭敬地垂下頭，鄭重拜別後才離開白夜叉的房間。

「……嘻嘻，看到年輕人邁向新旅程，總是會讓人特別愉快。」

一個人留在房裡的白夜叉拿起菸管點火。

她在焚著香的房間裡吸了好幾口菸之後，才對著窗外開口。

「喂，蛟劉。你不要一直待在那種地方，快點進來吧。」

「哎呀～被發現了？」

蛟劉裝模作樣地這樣說道，從窗外進入室內。

一陣強勁的夜風吹過，讓特地點起的香也流往窗外。由於這是特別中意的香，白夜叉火大地瞪著蛟劉。

「我說你，難道不能從房間的正門進來嗎？」

「哎呀～因為德拉科的兒子在場讓我不方便從正面進來……不過那孩子，長大後倒是很像父親。」

「是啊，可能的話我是很想讓牠和格里菲斯和好……」

「那叫做多管閒事，只有當事者本身的意識能修復兄弟姊妹之間的關係。」

蛟劉咯咯大笑。這彷彿意有所指的講法讓白夜叉挑起一邊眉毛發問：

「……你不想修復和兄弟姊妹間的關係嗎？」

聽到白夜叉的問題，蛟劉收起笑容。

他抬頭仰望著窗外的月亮，像是自言自語般回應。

「……之前『No Name』的少年問我，想拿什麼臉去見大姊。哎呀～完全正如他所說，像我這種自以為是四處為家的湖海之士，但其實只不過是個到處閒晃的混帳，到底打算拿什麼臉去見她呢。」

「…………」

「現在的我就算和她見面，也不會改變什麼吧。就算想要自信滿滿地去見她，手上也沒有任何功績。要是這樣惹她生氣那也就算了……我總覺得最糟的情況是會讓她為我落淚呢。」

除了擔心現在的自己讓對方失望，更害怕會讓對方傷心。

正是因為能有這種想法，才會產生再次抬起頭的勇氣。

白夜叉瞑想般地閉上眼睛，在心中向十六夜道謝。

（成功讓「乾枯漂流木」再度燃起鬥志了嗎？實在是個了不起的傢伙。）

白夜叉一聽完蛟劉的發言立刻迅速站起，從書棚裡拿出一張羊皮紙展示在他的面前。

「蛟劉，如果你想要功績，我有一件大事想委託你來辦。」

「我想也是。我就是預測到這點才特地來房間拜訪妳……果然和奉還神格一事有關嗎？」

「嗯。我暫時會受到限制，不能做出顯眼的行動。在這段期間內，東區『階層支配者』之位會空懸。所以如果你願意……能以代理支配者的身分來幫忙守護東區嗎？」

白夜叉交給蛟劉的羊皮紙是「階層支配者」之證——也就是『主辦者權限』。

蛟劉大略掃過羊皮紙內容，歪著腦袋面露苦笑。

「雖然這是很榮幸的事情，不過我可沒有組織力喔。」

「這點你不必擔心，就讓你成為『Thousand Eyes』客座成員，將我的立場委任給你吧。萬一這樣不夠，甚至連太陽的主權也可以借給你一部分。如此一來應該還能找零吧？」

聽到這邊，蛟劉那細長的眼睛不由得睜得又圓又大。

這可不只是什麼還能找零，以付給客座的待遇來說，根本是超出規格又打破慣例。

「這……這未免也太抬舉我了吧？」

「不，我認為至少該做到這種程度。魔王連盟的那些傢伙是未知數，我推測他們的總戰力最低也有四位數，甚至或許能達到三位數。那麼我方也不是保留實力的時候，畢竟下層裡還有很多值得愛護關照的共同體。」

在嚴肅的發言中，白夜叉的嘴角突然露出一抹笑容。蛟劉也同意地點點頭。

「我也有同樣的想法。包括『No Name』在內，下層的確還有許多樂趣。」

「那麼，你願意接受了？」

「嗯，在此鄭重接下代理支配者一職。」

白夜叉用力握住對方伸出的手。

眼前的人已經不再是那個被取笑為「乾枯漂流木」的男子。

反而能感受到蛟魔王過去和著名修羅神佛交戰時的那種強韌霸氣。

「好，後續的事情我已經交代給我們的店員，如果有哪裡不明白就問她吧。我必須立刻動身。」

「這話的意思是？」

「透過牛魔王的情報，讓我確定隸屬於魔王聯盟的魔王之一是誰了。這也是個很棘手的傢伙，所以我必須趁自己還能夠自由行動的期間，先發布對那個魔王的警戒令。」

蛟劉眼中散發出銳利的光芒，再度追問：

「……是哪裡的魔王？是有名的傢伙嗎？」

白夜叉露出嚴肅的表情，以緊張的態度講出了魔王的名字。

「那傢伙的名字是——『馬克士威魔王』，是操縱境界的魔王之一。」

後記

各位好久不見。這次承蒙您肯拿起這本唬人的現代風異世界衷心誠意奇幻作品《問題兒童系列》第五集，實在非常感謝。

等我注意到時，才發現這系列已經出版到第五集了。這次雖然宣稱要玩弄黑兔，可是到頭來還是玩得不夠啊可恨！早知道應該要更傾向讀者服務乾脆寫個走光事件才對……！

不過總之呢，還是讓大部分的主要角色都穿上泳裝成了豪華燦爛的一集，所以我想寬大的各位讀者必定會願意原諒我。

也非常感謝為本書準備了許多美麗插畫的天之有老師。

講到插畫，這次由白色糟糕神以飄灑又豔麗炫目之姿裝飾了第五集的封面。

其實，當初原本預定要由黑兔來登上封面，也就是主要的女性角色們已經輪替過了一圈。但是把原稿寄給天之有老師後，他似乎對責編Y小姐表達了這次不想畫黑兔，而是想以糟糕神來製作封面的意願。

這時我和責編Y小姐就——（※以下是重現場景，敬稱略。）

責編Y：「既然想要變更角色，就必須畫出能讓我們接受的封面！」

竜ノ湖：「除非是具備相當水準的封面，否則就不能換成白夜叉！知道了嗎！」

天之有：「唔唔唔……！」

哇哈哈！這就是作者和責編的正確職權騷擾行為！

……就這樣，我們發揮出簡直媲美魔王的蠻橫行徑。

之後歲月流逝，在竜ノ湖我交出原稿，悠哉度日的幾天後。

畫面上出現了讓人簡直不敢相信是糟糕神的優雅和服美女這是什麼狀況啊混帳！

天之有：「那，封面就用這個白夜叉吧^^」

竜ノ湖&責編Y：「唔唔唔……！」

——結果，封面就從黑兔變更成白夜叉了。

不過我真的沒有料想到白夜叉居然能以如此瀟灑的模樣登上封面。以結果來說，這樣也使得作品往好方向發展，實在是太好了。所以為了要讓更多的讀者感到開心，我決定從今以後也要繼續努力濫用職權來騷擾……對不起我只是隨便說說而已。

還有，關於《問題兒童系列》，有一件很重要的事情要向大家報告！

《問題兒童都來自異世界？》的漫畫版已經在《コンプエース》和《エイジプレミアム》兩本雜誌上開始連載了！

分別是由七桃りお老師繪製的主線故事，以及由坂野杏梨老師繪製的外傳故事。

在六月二十六日（※註：此指日本時間）發售的《コンプエース》中將會刊載一部分預告，如果您想看看黑兔和問題兒們如何在二次元中大展身手，請務必試著入手觀賞。

此外，這次也同樣會在「ザ・スニーカーWEB」網站上刊登免費的短篇故事。內容將刊載關於耳機的內幕，以及關於十六夜和金絲雀的過去插曲，有興趣的讀者只要前往「ザ・スニーカーWEB」網站進行搜尋應該就能看到。

那麼，期待和各位在第六集時再相會。

竜ノ湖太郎

後台下集預告!! YES!
大家辛苦了！這裡是後台，下集預告的單元！
……怎樣都好啦，我的耳機到底什麼時候才要還我？
Σ
關……關於這件事情，在ザ·スニWEB的短篇中有稍微提到。
哦，是嗎？那邊也該去看看呢。
YES！所以從次回起要開始「聯盟旗篇」！
黑兔的過去和主子們的祕密似乎也會慢慢揭曉。
嗯！大家就好好翹首期待吧！
下集將前往北區！第六集預定在夏季出版！

Kadokawa Light Novels

殭屍少女的災難 1 待續

Kadokawa Fantastic Novels

作者：池端 亮　插畫：蔓木鋼音

沉睡百年的殭屍大小姐＆毒舌侍女
充滿血腥的冒險物語

我是楚楚可憐的侍女，艾瑪．V。我所服侍，從百年沉睡醒來的大小姐，發現體內的秘石被偷走了。

其實我知道犯人是誰——只不過柔弱的我打不贏對方，這種野蠻的事還是交給大小姐吧。獻上既歡樂又血腥的奇幻輕小說！

NT$160/HK$45

台湾角川

Kadokawa Light Novels

我的狐姬主人 1~2 待續

Kadokawa Fantastic Novels

作者：春日みかげ　插畫：p19

2012動畫化小說《織田信奈的野望》作者全新大作！
穿越至遠古時代的光，身陷恐怖的女人三國大戰!?

水原光成功救回青梅竹馬的朝日奈紫後，等待的卻是外加「未婚妻」葵和「主人」安倍晴明的三國大戰。在如此累人的生活中，光邂逅了平安京首屈一指的美少女才媛六條。然而撫平光的心靈創傷的她，卻有著不可告人的祕密……

台湾角川

各 NT$180~190/HK$50

國家圖書館出版品預行編目資料

問題兒童都來自異世界？. 5, 降臨!蒼海的霸者 / 竜ノ湖太郎作 ; 羅尉揚譯. -- 初版. -- 臺北市 : 臺灣國際角川, 2013.06

面 ; 公分. -- (Kadokawa fantastic novels)

譯自：問題児たちが異世界から来るそうですよ？ 降臨、蒼海の覇者

ISBN 978-986-325-416-4(平裝)

861.57 102007771

Kadokawa
Fantastic
Novels

問題兒童都來自異世界？ 5

降臨！蒼海的霸者

（原著名：問題児たちが異世界から来るそうですよ？降臨、蒼海の覇者）

2013年7月26日 初版第1刷發行
2022年1月27日 初版第10刷發行

作　者：竜ノ湖太郎
插　畫：天之有
譯　者：羅尉揚

發行人：岩崎剛人
總編輯：蔡佩芬
主　編：朱哲成
美術設計：宋芳茹
印　務：李明修（主任）、張加恩（主任）、張凱棋

發行所：台灣角川股份有限公司
地　址：104台北市中山區松江路223號3樓
電　話：（02）2515-3000
傳　真：（02）2515-0033
網　址：www.kadokawa.com.tw
劃撥帳戶：台灣角川股份有限公司
劃撥帳號：19487412
法律顧問：有澤法律事務所
製　版：尚騰印刷事業有限公司
ISBN：978-986-325-416-4